KB184787

너와 나의 시작과 마지막 이야기

너와 나의 시작과
마지막
이야기

김주환 지음

제이알매니지먼트

2024년 6월 23일 여름.

서울 강남 한복판에 있는 콘티넨털 병원.

오늘 나는 심장 이식 수술을 받기로 되어 있었다.

식물인간이 된 사람이 생전 장기 이식 수술에 동의해 준 덕분이었다.

하지만 그 수술은 진행할 수 없었다. 기증자의 가족이 그 결정을 번복했기 때문이었다.

아무도 그 가족들을 비난하지 못했다. 비난할 수 없었다.

하지만 살 수 있다는 희망이 절망으로 변했다는 건 인정할 수밖에 없었다.

나의 남은 기대 수명은 3개월 뿐이었으니까.

내 심장은 확실히 멈춰 가고 있었다.

"김주아. 우냐?"

"아니."

"울잖아. 질질 짜고 있는 소리가 여기까지 다 들리는데."

성훈의 말에 나는 소매로 눈물을 닦은 후 말했다.

"안 울어. 안 울었어."

그러자 성훈이 나에게 들으라는 듯 큰 목소리로 말했다.

"너 안 죽어. 내가 너 절대 안 죽게 할 거야."
"……."

그가 나를 꽉 안으며 말했다.
"지금부터 난 너에게 맞는 새로운 심장을 구하러 갈 거야. 무슨 일이 있어도 반드시 구해 올 테니까 그때까지 슬퍼하지 말고 기다려. 또 죽을 생각 말고, 알았어?"
"응. 알았어."

그날의 기억은 잊고 싶어도 잊을 수가 없다.
나에게, 그리고 우리에게 그 날은 끝이면서도 시작인 날이었으니까.

1장

김주아의 이야기

나는 어렸을 때부터 심장이 약했다.

물론 아주 어렸을 때부터 그런 것은 아니었다.

중학교 1학년 때까지만 해도 나는 혼자 등교를 할 수 있었다.

친구들에 비해 체력이 약했을 뿐, 뛰거나, 계단을 오르는 것은 전혀 문제가 없었다.

하지만 증상은 중학교 1학년 여름 방학 때 나타났다.

그 날은 어느 때와 마찬가지로 학원을 가는 날이었다. 학교가 끝나고, 친구들과 함께 군것질을 한 뒤, 절친 지수와 학원차를 기다리고 있는데 갑자기 숨이 가빠지기 시작했다.

가슴이 두근거리고 가슴이 아파 나도 모르게 눈을 찡그리고 말았다.

"괜찮아? 어디 아파?"

"아…. 응."

"병원 가 봐야 될 것 같아."

"그치만, 학원 안 가면 혼나는데."

"아플 땐, 병원 가야 돼. 어머님한테 전화 드려. 아니다. 내가 전화할게."

"아…. 윽."

그 말과 함께 가슴을 부여잡고 그 자리에서 주저앉고 말았다.

"어머님, 주아가… 쓰러졌어요."

– 주아가? 갑자기 왜? 지금 어디야?

"학교 앞이요. 학원 차 기다리다가 갑자기 가슴이 아프다고 하더니, 주저앉았어요. 데리러 와 주실 수 있나요?"

– 응. 기다려. 지금 갈게.

그다음부터는 기억이 잘 안 나는데, 다행히 지수가 엄마한테 전화를 걸어, 엄마가 병원까지 날 데려갔다고 한다.

지수가 엄마의 전화번호를 알고 있는 건 지수네 부모님이 우리 집과 번갈아 카풀을 했기 때문이다. 그래서 나는 지수네 엄마, 아빠의 번호를 알고 있었고, 지수 또한 나의 엄마, 아빠의 전화를 알고 있었다.

　병원에서는 바로 정밀 검사에 들어갔다.

　학원을 빠지고 같이 따라온 지수가 정밀 검사에 들어가기 전, 날 위로하며 아무 일 아닐 거라 했지만, 의사 선생님은 나에게 심장병이라는 진단을 내렸다.

　다행히 병원에서의 신속한 입원 치료 덕분에 급성기는 넘길 수 있었다.

　하지만 잠시 쓰러진 동안, 뇌에 혈류가 돌지 않아 그런지, 장기간의 입원 재활 치료가 필요하다고 했다.

　그로 인해 병원에서의 입원 생활은 한동안 계속되었다.

　"팔 끝까지 올려 보세요."

　"네."

　"더 높이요. 됐습니다. 이번에는 다리를 움직여 볼 건데요. 왼쪽 다리부터 올려 볼까요?"

　물리 치료사와 함께하는 운동 치료.

"숟가락을 똑바로 들어 볼 거예요. 네. 잘했어요. 이제 입으로 떨지 않고 가져가 볼게요."

치료사와 함께하는 세수, 수저, 젓가락 사용 등 일상생활을 할 수 있도록 도와주는 작업 치료도 병행해야만 했다.

골반과 뼈, 근육 등을 잡아 주는 도수 치료와 초음파 치료 등도 물론 빠짐없이 열심히 임했다.

입원 재활 치료를 하는 동안, 학교의 수업 과제는 지수가 한동안 도와주었다.

그래서 치료가 끝나고 쉬는 동안에는 병실에서 학교 수업을 따라가기 위해 공부도 쉬지 않았다.

그래서 의사 선생님도, 부모님도 나의 완치에 대한 기대가 높았다.

아직 어리고, 치료도 충분히 잘 따라와 주고 있었기 때문에 그랬던 것 같다.

하지만 퇴원을 앞두고 내 심장은 다시 한 번 심근경색을 일으키고야 말았다.

병의 경과에 희망적이었던 의사 선생님과 부모님의 표정은 그

날 이후 점점 어두워졌고, 나 또한 점차 웃음을 잃고 말았다.

어느덧 3년이 지났다.

중학교 2학년이 되고, 3학년, 고등학교 1학년이 되어도 지수는 내 곁에 있어 주었다.

중학교를 어쩔 수 없이 그만두었는데도, 단짝 지수는 1주일에 한 번은 나를 찾아와 안부를 물었고, 나에게 학업을 그만두지 말라며 독려하였다.

솔직히 지수가 없었다면 난 벌써 죽어 버렸을지도 모르겠다고 생각한 적이 한두 번이 아니었다. 4년간 이어진 병원 생활과 나아지기는커녕, 점점 비대해지는 심장과 증상은 부모님에게 더 큰 부담이 되어 다가왔고, 그걸 모를 리 없는 나는 지금이라도 당장 내가 사라져, 주변 사람들이 편했으면 좋겠다고 수십 번은 생각했으니까.

2024년의 한 여름, 그 날도 같은 생각이었다.

병원 옥상에 올라간 나는 옥상에서 아래를 내려다보았다.

생각보다 높이가 꽤 있었다.

13층 높이의 건물이었으니까, 아마 여기서 떨어지면 살 수 있는 가능성은 그리 높지 않을 것이다.

그래서 난 지금 바로 뛰어내려야겠다는 생각이 들었다.

지금 뛰어내리면, 더 이상 부모님도 슬프지 않을 거고, 나 또한 죄책감에서 벗어날 수 있을 거라는 생각이 들었다.

그래서 옥상 난간 위에 두 다리를 올려 뛰어내릴 준비를 했다.

하지만 그 계획은 불행히도 실행에 옮기지 못했다.

한 남자애가 말을 걸어 왔기 때문이다.

"저기, 정말 죽을 생각이야?"

"뭐?"

"나 여기서 파노라마 사진 찍어야 되거든? 그러니까 비켜 봐. 나 사진 찍는 데 방해되거든."

솔직히 나는 어이가 없었다.

갓 대학생이나 됐을까 싶은 그는 스마트폰을 든 채 천진난만한 웃음을 지으며, 주변을 둘러보다가, 다시 한 번 큰 목소리로 말했다.

"학교 안 나왔어? 한국말 몰라? 얼른 비키라니깐?"

"뭐라고?"

나는 어이가 없어 난간 위에서 내려와 그놈 앞으로 걸어가며 말했다.

"학교 안 나왔냐고 했다. 왜?"

그의 말에 방금 전까지 뛰어내릴 생각이었지만, 놀랍게도 그 생각이 순식간에 머릿속에서 지워지고 말았다.

학교를 안 나왔냐는 말이 내 트라우마를 자극했기 때문이었다.

나는 바로 사진을 찍는 녀석의 스마트폰을 빼앗으려 했다. 그러자 놈은 나의 행동에 당황하며 반사적으로 몸을 돌렸고, 그 행동은 본치 않게 녀석을 넘어지게 만들었다.

문제는 그놈이 넘어지지 않으려고 나의 손을 잡았다는 것이다.

덕분에 영화에서나 볼 법한 그 명장면이 운 나쁘게 재현되었다.

넘어진 그 녀석 위로 내가 포개져 버렸고, 그걸 또 날 보호하겠다며 녀석이 감싸 안은 덕에 우린 제법 드라마 명장면에 오를 만한 장면을 연출하고 만 것이다.

게다가 그가 만지던 스마트폰은 눈치도 없이 찰칵찰칵 대며, 나와 녀석이 넘어진 모습을 계속해서 찍어댔다.

나는 녀석의 몸 위에 포개진 나의 몸을 일으킨 뒤 훌훌 털며 주변을 살폈다.

다행히 옥상에는 나와 그 녀석밖에 없었다. 목격자는 없었던 것이다.

아무도 없는 것을 확인한 나는 눈썹을 치켜 올리며 그놈에게 말했다.

"미쳤냐?"

"미쳤냐니? 방금 전까지 뛰어내리려고 했던 넌 정상이고?"

"뭐 정상?"

녀석은 나의 말에 한마디도 져주지 않았다.

오히려 내가 일어서자, 그 또한 몸에서 먼지를 훌훌 털고 일어나더니, 담담하게 스마트폰을 열며 찍힌 사진을 확인했다.

나는 한마디도 지는 꼴을 못 보는 녀석을 골탕 먹이고 싶었다.

마침 녀석은 스마트폰을 보더니, 자신의 주머니에서 수첩을 꺼냈다.

그러더니 수첩 안의 페이지를 볼펜으로 쓱쓱 그으며 무언가를 체크했다.

화가 난 나는 아무렇지 않게 제 할 일을 하는 녀석을 가만히 두고 볼 수가 없었다.

그래서 녀석이 적고 있는 수첩을 빼앗았다.

"내 놔!"

"이게 뭔데?"

"내놓으라고!"

나는 녀석에게 빼앗은 수첩을 펼쳐 보았다.

그러자 웃긴 내용들이 쓰여 있다. [나의 버킷 리스트, 죽기 전에 해야 할 100가지.]

46. 콘티넨털 병원 옥상에서 파노라마 사진 찍기.

52. 모쏠 탈출하기

53. 여자랑 손 잡아 보기.

54. 여자랑 포옹 해 보기.

55. 여자 친구랑 키스 해 보기.

56. 여자 친구랑 로토월드에서 관람차 타기.

57. 여자 친구랑 같이 아이스크림 핫플 가 보기.

나는 밑줄 쫙 그어진 54번을 보고 피식하고 웃음을 터트렸다.

"너 방금 넘어진 걸, 나랑 포옹한 걸로 보고 밑줄 그은 거야?"

"아니야! 파노라마 사진 찍은 거 그은 거야. 그건 옛날에 그었던 거고."

"거짓말하지 마. 46번 여기는 밑줄 안 그어져 있잖아."

"그으려고 한 거야. 아직 안 그었어. 내놔!"

녀석이 재빠른 손놀림으로 내가 빼앗은 수첩을 낚아챘다.

나는 아까 제대로 관찰했기에, 그가 거짓말을 하는 것을 알고 있었다.

손동작 자체로 그가 밑줄을 긋는 것을 확인했기 때문이었다.

"너, 여자랑 손도 못 잡아 봤냐?"

"조용히 해."

"모쏠이야?"

"야! 조용히 하라니깐."

"몇 살인데 모쏠이냐?"

"아~ 진짜. 어이가 없네."

그 때, 병원 옥상에서 누군가가 나를 불렀다.

"주아야!"

그 목소리는 엄마였다. 엄마가 놀란 얼굴로 나를 부른 것이었다.

"엄마."

"왜 여기 있어. 깜짝 놀랐잖아. 병실 밖으로 나가면 안 된다고 했잖아. 다음 치료 받아야 되는데 없어서 다들 찾았잖니."

엄마의 말에 나는 그놈과의 대치를 그만두고 뒤돌며 말했다.

"미안. 잠깐 바람 쐬고 싶었어. 들어갈게."

"응. 빨리 들어가."

"응."

"걱정했잖아. 다음부터 그런 짓 하지 마. 엄마가 걱정하는 거 알면서. 그런 일을 왜 하는 거니?"

엄마의 말에 나는 의기소침한 표정을 지으며 말했다.

"알았어. 엄마도 내 걱정 안 해도 돼. 나 이제 곧 18살이야."
"18살도 엄마 눈에는 애들이야."

엄마의 저 말에 나는 한숨을 쉬며 말했다.

"칫. 나 곧 죽을 건데."
"그런 말 하지 말라니깐. 엄마 진짜 죽는 꼴 보고 싶어서 그래?"
"네~ 미안합니다."

엄마가 내가 죽는다는 말을 싫어하는 것은 알지만, 그래도 이건 어쩔 수 없다. 나는 심장 이식을 받지 못하면, 6개월을 넘기지 못한다고 선고받았으니까.
하지만 그 기간 안에 심장 이식을 내가 받지 못한다는 것은 너무나 잘 알고 있다.

내 앞 대기 기간만 3년이 남았다. 그러니 나에게 순번이 돌아오지 않을 것인데, 엄마는 여전히 너무나 희망찬 미래만을 생각하고 있다.

"얼른 들어가! 여기 있으면 몸 안 좋아져. 얼른!"

"응."

엄마가 나의 등짝을 때렸고, 나는 할 수 없이 녀석을 옥상에 홀로 두고, 병실로 데려갔다.

병실에 돌아온 나를 맞이하는 건 재활 치료였다.

점점 비대해지는 심장과 가슴을 쥐어짜는 통증. 게다가 쓰러질 때마다 누적된 뇌손상으로 잘 움직여지지 않는 얼굴 근육까지.

게다가 점점 간격이 좁아지는 흉통도 있다.

"으으으. 엄마, 아파⋯. 주사⋯. 진통제⋯."

"또 심해? 많이 아파?"

"응⋯."

너무나 고통스럽다. 벌써 4년째 이어진 이 반복된 생활.

이제는 더 이상 버티긴 힘들어 보인다.

모든 것이 고통스럽지만, 마침내 생을 마감하기로 결심한 오늘은 그놈 때문에 실행에 옮기지 못했다.

"약물 들어갑니다."

약물이 주입되며 고통스러웠던 심장이 안정을 되찾아가고, 내 의식도 점차 멀어져 가기 시작했다.

내일은, 내일은 가능하지 않을까.

내일은 반드시 옥상에 올라가서 모두를 편하게 만들어야지….

더 이상 주변 사람들을 힘들게 하지 말아야 돼. 내일은 반드시….

매일 아침 6시, 나의 하루가 시작된다.

간호사 언니가 와서 병실에 들어와 창문을 열어 놓으면, 슬금슬금 이불 안으로 들어오는 찬바람에 잠이 확 달아난다.

다행히 오늘은 몸 상태가 괜찮은 편에 속했다. 두통이 심하지도 않았고, 가슴 통증도 거의 나타나지 않았다. 이 정도면 평소에 비해 상당히 운이 좋은 편이다.

보통은 고통 속에 겨우 눈을 떠서 간호사 언니의 정맥 주사로 아침을 꼬박 기절한 뒤, 점심에나 정신을 차린 경우도 상당히 많았기 때문이다.

난 기분 좋은 얼굴로 병실 안에 있는 화장실에 들어가 세수를 시작했다.

햇빛을 자주 보지 못해 창백한 내 얼굴을 본 간호사 언니들은 가끔 날 불쌍하다고 했지만, 나는 전혀 내가 불쌍하다고 생각한 적이 없었다.

오히려 나를 낳아서, 내가 친구라서, 간호하며 모든 인생을 허비한 엄마와 아빠, 그리고 지수가 불쌍하면 불쌍하지 않을까 생각한 적은 있어도 말이다.

아무튼 오늘은 뭔가 예감이 좋다.

몸도 평소보다 괜찮으니, 언니나 엄마의 눈에 띄지 않고 옥상으로 갈 수 있을 것이다.

그리고 어제 계획했던 것을 실행할 수 있겠지.

"아침 먹어야지?"

"네!"

"우리 주아, 왜 웃어? 기분이 좋아 보여. 무슨 좋은 일 있어?"

"좋은 일은 아니야. 그냥 오늘은 아침부터 아프지 않아서 그런 지, 마음이 편한 것 같아. 그래서 그래."

엄마는 모처럼 웃는 나의 모습에 방긋 미소를 머금었다.

나는 엄마의 기대에 맞추기 위해 맛없는 병원식 식단을 맛있게 먹는 연기를 펼쳤다.

다 말라 가는 깍두기와 미역국, 계란말이와 오징어채는 정말 너 무 지겨워 쳐다보기도 싫었지만, 오늘은 엄마에게 있어 나의 마지 막 모습이 될 것이기에 싫어도 싫지 않은 척, 되지도 않는 착한 딸 연기를 무척이나 열심히 임했다.

아침을 먹고 나니, 식판을 치운 엄마가 미안한 표정을 지으며 말 했다.

"주아야. 엄마 출근해야 돼. 간병인 분이랑 잘 있을 수 있지?"

"응."

"어제부로 매번 나오셨던 간병인 이모가 그만뒀대."

"아, 정말? 왜? 왜요?"

나는 뜻밖의 소식에 고개를 갸웃거렸다.

그러자 엄마가 미소를 짓더니 나를 향해 사정을 설명했다.

"이제 고향으로 돌아가셔야 한대. 그래서 이제는 일 못 한다고
그러더라."

"진짜? 그 이모 진짜 좋았는데. 가끔 엄마 없을 때 엄마처럼 잘
대해 줬거든."

엄마의 빈자리를 채워 주던 간병인 이모는 언제나 나를 따뜻하
게 대해 주었다.

내가 투정을 부려도 다 받아들여 주고, 내가 아프면 마치 자신이
아픈 것처럼 옆에서 위로해 주었다. 정말 헌신적인 사람이라고 생
각했었다.

만약 내가 더 오래 살아서 그 이모의 나이가 된다면, 나도 그 이
모처럼 아픈 친구들을 돌봐 주는 간병인이 되어 보고도 싶었다.

물론 내 진정한 꿈은 과학자다. 다른 여느 또래와 달리 이과 과목을 좋아한다.

물리와 생물, 그리고 지구과학, 게다가 고등학교 과정에는 없는 양자역학도 관심이 많다.

특히 최근에는 미국에서 스페이스X라는 기업과 테슬라라는 기업의 대표인 일론 머스크라는 분에게도 많은 관심을 가지고 있다.

그는 21세기에 들어 세상을 바꿀 세계의 100인에도 선정된 적 있고, 인공위성끼리 데이터 통신을 주고받는 스카이링크 시스템, 화성 이주 계획, 민간 우주선의 재활용 등 다양한 기술 분야에서 많은 혁신을 내고 있는 인물이라, 항상 관심 있게 찾아보고 있다.

그러니 내가 만약 기적적으로 더 오래 살 수 있다고 해도, 간병인이 되는 일은 없을……

'아… 나, 오늘 죽으려고 했는데…'

나도 모르게 더 오래 살고 싶다는 헛된 희망을 가지고 말았다.
나의 말에 엄마가 놀란 표정을 하며 말했다.

"이모가 엄마처럼 느껴졌어? 엄마는 전혀 몰랐어."

"아– 그만큼 잘 해 줬다는 이야기지. 엄마만한 사람이 어디 있겠어. 안 그래?"

"후후. 엄마, 이제 진짜 갈게. 일 끝나고 바로 올 테니까, 사고 치지 말고 잘 지내고 있어. 알았지?"

"응."

엄마가 출근을 위해 병실을 떠나고, 나는 마지막 엄마의 얼굴을 다시 한번 떠올렸다.

떠나기 전 엄마의 찰나의 모습에서 엄마의 행복이 읽혀졌다.

정말 인생을 마감하기 너무나 완벽한 날이 될 것 같은 기분이 들었다.

5분 뒤, 9시가 되자 의사 선생님이 회진을 돌기 시작했다.

의사 선생님은 평일 9시부터 9시 30분까지 매일 병실을 돌며 나 같은 환자의 변화를 살핀다.

매번 물어보는 질문은 같았는데.

"주아 양, 오늘 컨디션은 어때요?"

"괜찮은 것 같아요."

"두통이나, 흉통 같은 건 없고?"

"네. 없어요."

"그렇구나."

의사 선생님은 나의 안색과 표정을 보고, 회진에 동참한 간호사 언니를 향해 이렇게 말했다.

"김 간, 오늘 주아한테 투약하는 진통제 양을 절반으로 줄여 볼게요. 체크해 줘요."

"네. 선생님."

의사 선생님이 회진을 끝내고 다른 병실로 향하고, 같이 들어온 간호사 언니 또한 병실 바깥으로 나갔다.

운이 좋았다. 간호사 언니는 의사 선생님의 주문대로 진통제 주사를 준비할 건데, 평소하고 양이 바뀌었으므로, 준비하는 시간이 1분 이상 길어질 것이다.

그럼 언니들의 눈을 피해 옥상으로 올라갈 수 있고, 그다음은 내계획대로 모두에게 평온을 선사할 수 있을 것이다.

'모든 계획이 완벽해. 지금 나가야 돼.'

　나는 병실 침대에서 몸을 일으켜 두 다리를 바닥으로 향한 뒤 신발을 신고 방 안에 있는 화장실을 지나, 병실 밖 복도로 향했다.

　그런데 내가 나가려는 찰나, 누군가가 병실 문을 열고 들어오며 말했다.

　"어디 가는 거야?"

　"네?"

　"어디 가냐고. 내가 알기로 김주아 환자는 외출은 금지되어 있을 텐데?"

　내가 병실 복도로 가는 것을 가로막은 사람을 쳐다보았다.

　훤칠한 키에 커다란 어깨를 가진 그는 나를 내려다보며 못마땅한 표정을 짓고 있었다.

　분명 익숙하지 않은 얼굴임에도, 나는 그가 누구인지 알아볼 수 있었고, 그 또한 나에 대해 알고 있는 눈치였다.

　"어? 너는 어제 그 옥상?"

"그 옥상? 내 호칭이 그게 끝이야?"

그는 분명 어제 옥상에서 나에게 죽으려면 얼른 죽으라던 그 남자였다.

그는 어이없는 표정을 유지한 채 나를 노려보더니, 나를 향해 다시 자신의 할 말을 이어 갔다.

"너, 외출 안 되니까 병실로 들어가."

"네가 뭔데?"

"나? 이야기 못 들었나? 오늘부터 새로운 간병인이 온다고 전해 들었을 텐데?"

나는 황당한 표정으로 잠시 그를 쳐다보았다.

보통 간병인은 나이 많은 이모들이 많이 하신다. 특히 여자 환자의 경우, 같은 성별을 가진 분들이 담당하는 게 보통이다.

"거짓말, 못 믿겠어."

"못 믿어도 할 수 없어. 난 네 간병인이 맞으니까."

그는 자신의 간병사 자격증을 내밀었다.

간병사

자격 번호 : 24-311-002

성 명 : 강성훈

생년월일 : 01년 5월 31일

등록번호 : 2024-0002

취득일 : 2024. 03. 01

상기 자격의 취득을 증명함.

- 한국능력개발원 -

자격증을 본 내가 당황하자 그는 인상을 절레절레 쓰며 말했다.

"전임자가 너, 자주 도망갈 거니까 조심하라고 하던데, 보자마자 병실에서 도망 나갈 줄을 몰랐네."

"도망 아니거든?"

"그럼 돌아가던가."

　병실 문 앞을 가로막은 그는 내가 병실 밖으로 내보내 줄 생각이 전혀 없어 보였다.
　나는 할 수 없이 목소리를 키우며 말했다.

"화장실 가려고 한 거야. 빨리 비켜."
"1인 병실이라 화장실은 안에 있을 텐데?"

　역시 어제 봤던 성격 그대로다. 얘는 나한테 단 한마디도 질 생각이 없어 보였다.

"아- 진짜, 바람 좀 쐬자. 병실에만 있으면 얼마나 힘든지 알아?"
"바람은 창문만 열어도 쐴 수 있어. 더구나 간병인으로서 의사 선생님의 허락 없이 널 병실 밖으로 내보내 주는 건 내 스스로가 용납 못해. 그건 간병인으로서의 의무에 위배되는 행동이니까."

　그 때, 간호사 언니가 복도에서 주사제를 가지고 들어왔다.
　나는 옥상에 올라가려던 계획이 완전히 수포로 돌아갔음을 깨달았다.

　간호사 언니가 가져온 진통제를 투여하면 하루가 멍하니 지나가 버리니까.

　"어머, 누구예요?"

　"아, 김주아 환자 새로운 간병인입니다. 잠깐 주아 환자가 병실 밖으로 나가려고 하기에 막고 있었습니다."

　"아, 그래요? 제가 대신 타이를게요. 잠깐 환자복만 세탁해 주실래요?"

　"네. 알겠습니다."

　내가 벗어 둔 환자복을 가지고 그가 세탁실로 향하자, 간호사 언니가 나를 보며 인상을 썼다.

　"주아, 너 또 밖에 나가려고 했어?"

　"……."

　"얼른 누워. 주사 놓아야 돼."

　나는 간호사 언니의 말에 한숨을 푹 쉬었다.

간호사 언니는 직무에 충실히 나를 병실 침대에 눕힌 뒤, 링거에 연결된 호스에 주사제를 놓았다.

주사제가 링거 줄을 타고 내 몸으로 들어오는 게 보이자, 나는 결국 오늘 계획이 수포로 돌아갔다는 것을 인정했다.

하지만 매일 이런 삶을 반복하며 살고 싶진 않았다.

차라리 이런 생활이 멈추는 게 모두를 위해 더 좋을 테니 말이다.

"언니, 나 한 번만 밖에 나가면 안 돼요?"

"안 되는 거 알잖아. 어머님이 가만히 계시지 않을 걸? 꽃가루도 많이 날리고, 미세먼지도 많아서 주아 몸에 안 좋아. 갑자기 쓰러질 수도 있고."

단호한 간호사 언니의 말에 나는 결국 속에 있던 말을 그대로 내뱉고 말았다.

"언니, 나 어차피 금방 죽잖아요."

"주아야."

"나, 어차피 금방… 죽잖…."

약물이 들어오고, 의식이 점점 흐려진다. 어지러워진다.

오늘도 또 이렇게 시간을….

허비…하면… 안 되는데. 내일은 어떻게 될지 모르는데….

내일도 이렇게 몸 상태가 좋으리란 보장이 없는데…….

다시 정신을 차린 나는 바로 병실 안에 있는 시계부터 보았다.

오후 1시 13분.

시계를 본 나는 안도의 한숨을 내쉬었다.

보통 정맥 주사를 맞고 나면 오후 5시는 되어야 제정신으로 돌아온다.

깨어 있어도 몽롱하다 보니 내가 정확히 무엇을 했는지, 어떤 행동을 했는지도 잘 기억나지 않기 때문이다.

하지만 오늘은 달랐다.

아마도 의사 선생님이 정맥 주사의 양을 절반으로 줄인 탓일 것이다.

그렇지 않다면, 내가 오후 1시에 이렇게 멀쩡한 정신 상태일 리가 없을 테니까.

　나는 안도의 한숨을 내쉬며 침대에서 몸을 일으켰다.

　목적은 옥상으로 가는 것.

　그리고 이 반복적인 일상을 모두 끝내, 모두에게 평온을 선사할

것이다.

　그런데 왜?

“일어났어?”

아까 개가 병실 문을 열고 들어왔다.

양손에는 더럽게 먹기 싫은 그 병원식을 들고서.

나는 인상을 쓰며 말했다.

“나, 막지 마. 나갈 거야.”

“안 막아.”

“정말?”

“대신 이거 다 먹어야 돼. 그럼 내보내 줄게.”

내 기분을 아는지 모르는지, 싱글벙글 웃고 있는 걔를 보자니 화가 치밀어 올랐다.

하지만 개는 나의 표정을 아랑곳하지 않고, 자기 할 말만 반복할 뿐이었다.

"약속할게. 다 먹으면 외출. 콜?"

"약속한 거다?"

"그럼. 나는 한 입으로 두 말 안 해."

어차피 힘으로 이길 수 없는 녀석이기 때문에 나는 한 발 물러섰다.

밥을 먹고 자고 일어난 지 얼마 안 된 터라 배가 고프진 않았지만, 그래도 계획을 실행에 옮길 수 있다는 생각에 억지로 꾸역꾸역 입으로 음식물을 삼켰다.

그럼에도 난 한 가지 반찬만큼은 손대지 않았다.

"콩나물도 먹어야지."

"나 콩나물 원래 안 먹어. 이 정도는 봐줘도 되잖아."

"알레르기 있는 것도 아니잖아. 영양사 선생님께서 네 건강 생각해서 짠 식단이야. 남기지 말고 다 먹어."

영양사까지 핑계 대다니, 이 자식, 진심이다.

"아– 진짜."
"나가기 싫어?"
"다 먹을 테니까 그만 해."

억지로 꾸역꾸역 다 먹고 나니 기분이 나빠졌다.
아무래도 배가 고프지 않은데 억지로 음식을 먹은 탓이다.
음식을 다 먹자, 개가 식판을 정리한 후 일어났다.

"식판 반납하고 올 테니까 기다려."
"외출은?"
"급할 거 없잖아. 5분만 기다려."

나는 개의 말투부터 외출을 허락할 리가 없다는 것을 깨달았다.
반말에 자기 멋대로인 행동까지, 뭐 하나 좋은 점이 보이질 않
는다.

나는 걔가 식판을 반납하러 나간 타이밍을 놓치지 않고 침실에서 일어났다.

그런데, 걔가 나가면서 간호사 언니를 불렀다.

"누나, 저 식판 반납하고 올게요. 잠깐 주아 좀 감시해 주세요."

"응. 알겠어."

걔의 요청에 간호사 언니가 병실에 들어오며, 신발을 신던 나를 발견했고,

"주아야. 신발은 왜 신어?"

"화장실 가려고요."

"응. 얼른 다녀와."

"네."

나는 병실 밖으로 나가려던 계획에 또다시 실패하고, 병실 내 화장실로 향할 수밖에 없었다.

정말 화가 많이 났다.

오늘은 정말 성공할 수 있다고 생각했다.

하지만 어제에 이어 오늘, 이틀 연속 내 계획이 모두 실패하고 말았다.

모두 개 때문이었다.

'짜증 나.'

나는 결국 아무도 보지 않는 화장실에서 혼자 주먹을 꽉 쥐며 분노를 삼켰다.

내 마지막은 완벽해야 되는데.

오늘은 엄마한테도 너무나 완벽한 마지막 모습이었을 텐데, 왜 쟤한테 방해받아야 하는 거냐고.

나는 결국 화장실에서 아무것도 하지 않은 채 잠시 머문 뒤 다시 나올 수밖에 없었다. 간호사 언니의 눈길을 받으며 침대로 돌아가는데 날 방해한 개가 식판을 반납하고 병실로 들어오며 말했다.

"준비됐나?"

"무슨 준비?"

"외출. 밖에 나갈 거라고 했잖아."

뜻밖의 말에 나는 눈을 크게 뜰 수밖에 없었다. 전혀 허락하지 않을 거라고 예상했는데, 의외로 그는 나의 외출을 쉽게 승낙했다.

나는 간호사 언니를 바라보며 물었다.

"언니, 정말 나가도 돼요?"

옆에서 간호사 언니도 웃으며 말했다.

"응. 대신 병원에서 먼 곳까진 안 돼. 걸어서 10분 거리까지만 허락할 거야. 그 이상은 외출신청서 쓰고 나가야 돼. 보호자인 어머니 승인도 있어야 되고. 그건 알지?"

"네. 바로 나갈 준비할게요!"

나는 모처럼만에 미소를 지었다.

생각해 보니 외출은 정말 오랜만인 것 같았다.

3개월 전에 엄마와 같이 나가 보긴 했는데, 그때에는 다른 병원에서 진료를 받기 위해 나갔던 거라, 딱히 외출이란 느낌이 안 들었다.

그런데 오늘은 정식으로 허락받고 나가는 것이라 그런지 괜스레 설레는 마음까지 들었다.

엘리베이터를 타고 1층 정문을 나가자, 넓은 정원이 펼쳐졌다.

매일 창문 밖으로만 보던 풍경이었는데, 직접 나와 보니 병원 환자들이 생각보다 많이 병원 앞을 산책하며 서성이고 있었다.

그때, 내가 탄 휠체어를 민 개가 혼잣말을 지껄였다.

"어디 보자, 치킨을 먹고 싶다고 나와 있네?"

"뭐?"

"여기, 네가 공책에 써 놨잖아. 병이 나으면 치킨부터 먹고 싶다고."

뒤돌아본 나는 그가 내가 중학교 때 썼던 일기를 훔쳐보고 있다는 것을 깨달았다. 그 일기는 가장 친한 친구 지수와 바꿔 쓰던 교환 일기였다.

매번 병문안을 왔던 지수는 지루해하는 나를 보자 서로 교환 일기를 쓰자고 제안했고, 나는 처음에는 거부했지만 지수의 간곡한 부탁에 결국 허락했었다.

지수의 일기를 통해 학교생활을 간접적으로 느낀 나와 나의 병원 생활을 알게 된 지수는 서로에 대해 더욱더 깊은 관계가 되었다.

지금은 지수가 고등학교를 다른 동네로 가서 주말에만 놀러 오지만, 중학교는 병원과 가까웠기에 지금보다 더 자주 만나곤 했었다.

아무튼 그때부터 썼던 일기를 그가 지금 들고, 읽고 있었던 것이다.

"아, 네가 그걸 왜 들고 있는데?"

"너도 내 수첩 봤잖아. 이러면 서로 쌤쌤 아닌가?"

"아?"

나는 재빨리 걔가 들고 있는 일기를 빼앗았다.

실실 웃던 그는 갑자기 휠체어를 놓고, 정문을 향해 걸어갔다.

"야! 어디 가는데?"

"기다려 봐."

그는 1분도 지나지 않아 다시 내가 있는 쪽으로 되돌아왔다.

나는 걔가 들고 있는 무언가를 보고 깜짝 놀랐다.

내가 교환 일기에 적었던 그 치킨이 손에 들려 있었기 때문이었다.

"먹을 거지?"

"……."

"먹을 거냐고 묻잖아. 시켰는데 안 먹을 거야?"

나는 선뜻 대답할 수 없었다. 분명 먹고 싶었던 건 맞지만 지금은 배도 부른 상태였고, 외부 음식을 시켜 먹는 일은 병원의 규칙에 위반되는 행동이었기 때문에 먹겠다는 말이 잘 나오지 않았다.

"하지만 그거 먹으면 혼나는데…."

나의 말에 개가 다시 되물었다.

"먹을 거야? 안 먹을 거야? 안 먹으면 버리고."

애는 사람의 감정을 가지고 노는 데 탁월한 재주가 있는 게 분명했다.

‘기껏 시킨 것을 버린다니, 나중에 먹으면 되지. 버리긴 왜 버리냐?’

나는 결국 개의 재촉에 고개를 끄덕이며 대답했다.

"먹을 거야."

"응. 제일 맛있는 거 시켰어."

나는 개가 나한테 건넨 치킨을 입 안에 넣었다.

병원에서 치킨이 아예 나오지 않는 것은 아니지만, 병원 치킨은 맛이 없다.

그래서 이렇게 외부에서 시켜 먹는 치킨은 정말 너무 오랜만이었다.

오랜 병원 생활 동안 난 정말 엄마, 아빠, 의사 선생님, 간호사 언니의 말을 착실히 따랐다.

건강을 위해 맛없는 병원식만 먹으며 치료에 매진했었다.

그래서 시켜먹는 음식이 이렇게 맛있다는 걸 새삼 깨달았다.

바삭바삭한 치킨의 튀김은 물론 속살도 일품이었다.

게다가 찍어먹는 양념도 종류가 세 가지나 되었는데, 마늘 통닭 양념, 펠레소스, 바비큐 간장 소스도 포함되어 다양한 맛을 즐길 수 있었다.

나는 이미 배가 불렀는데도 치킨의 유혹을 떨쳐 낼 수 없었다.

그런 나를 보며 걔는 수첩을 열어 휴대폰용 펜으로 그은 뒤, 나에게 보여 주며 말했다.

"치킨은 먹은 거다?"

나는 그가 보여 주는 수첩을 들여다보다 어이 상실한 표정을 지었다.

김주아의 퇴원 후 버킷 리스트.

1. 치킨 먹어보기.

2. 미술관 가보기.

3. 남자친구랑 데이트 해보기.

4. 영화관 가보기.

내가 쓴 교환 일기 맨 앞 장에 적힌 버킷 리스트가 고대로 수첩에 쓰여져 있었기 때문이었다.

나는 황당한 표정을 지으며 말했다.

"뭔데? 내 일기를 훔쳐본 거야?"

"아니. 왜 훔쳐봤다고 생각한 거야?"

"내가 하고 싶은 걸 적은 내용이 그대로 네 수첩에 적혀 있잖아."

"난 아닌데?"

"야! 뭐가 아니야."

"진짜 아닌데?"

"너 엄마한테 일러서 간병인 바꾼다? 돈 받기 싫어?"

나의 말에 걔가 피식 웃으며 말했다.

"일러. 어차피 간병인은 수요 많아. 네 간병 일 안 해도, 일 넘쳐.
다른 사람 간병하면 돼."

반박할 수 없는 논리에 나는 말문이 막히고 말았다.

솔직히 간병인 구하는 게 대한민국에서는 쉬운 일이 아니다. 더
구나 나처럼 자주 앓는 사람을 맡고 싶어 하는 사람은 별로 없는

게 현실이다.

내가 아무 말도 하지 못하자, 그는 씩 웃으며 말했다.

"다 먹었지? 그럼 다음 거 하러 가자."

"다음 거?"

"응."

그는 치킨 상자를 쓰레기통에 버리고는 바로 내 휠체어를 끌었다. 어디로 가는지는 몰랐지만 솔직히 기분은 좋았다. 매일 똑같은 일상만 반복하던 나에게 이건 새로운 경험이었으니까.

이런 날이 오기를 내심 바라던 바이기도 했었다.

걔는 간호사 언니가 허락한 병원 근처를 벗어나 꽤 멀리 있는 큰 길가까지 나를 데려갔다.

4차선 도로와 횡단보도로 휠체어를 밀고 간 탓에 나는 뒤를 돌아보며 물었다.

"여긴 병원에서 꽤 멀잖아."

"그런데?"

"간호사 언니가 이 이상 나가지 말랬어. 못 들었어?"

"그래서 다시 병실로 되돌아가자는 거야?"

또다시 질문을 던진다. 얘는 항상 내 도덕성을 의심하게 만든다. 내가 하고 싶은 것과 하지 말아야 되는 것들 사이에서 질문을 던지고, 나를 계속 시험한다.

분명 엄마나 아빠가 같은 질문을 했다면 난 고개를 끄덕였을 것이다.

난 엄마에게, 아빠에게, 지수에게, 그리고 주변 사람들에게 좋은 사람으로 기억되고 싶었으니까.

하지만 얘한테는 그렇지 않았다.

"아니."

"그럼 주변이나 둘러봐."

솔직히 얘한테는 잘 보일 이유도 없고, 잘 보이고 싶지도 않다.

나보다 5살이나 많은 오빠지만, 매너도 없고, 자기 멋대로라 더욱더 그렇다.

그래서 내가 간병사 자격증을 봤음에도 얘한테는 반말을 하는 거다.

　매너 없는 사람들한테까지 매너 있게 행동할 필요는 없으니까.

　그런데 주변 풍경이 그런 화를 누그러트린다.

　횡단보도를 건너 걔가 날 데려간 곳은 놀랍게도 영화관이었다.

　나는 깜짝 놀라 걔를 쳐다보았다.

　그러자 그는 씩 웃으며 말했다.

　"영화관, 꼭 오고 싶었던 거지?"

　"……."

　"보고 싶은 거 보자. 뭐 볼래?"

　"돈은?"

　"내가 낼게."

　"아냐. 내일 줄게."

　나는 고개를 저으며 말했다. 그러자 그가 다시 대답했다.

　"됐어. 이 정도는 내가 낸다니까."

　결국 걔가 영화비를 내기로 했다. 팝콘도 먹을까 했지만, 배가 불러서 나초와 콜라로 바꿨다.

　사실 지금 꽤나 즐거웠다. 매일 병원에만 있다 보니 볼 영화를 고르는 것도, 어떤 것을 먹을지 고르는 일도 하나하나가 색다른 경험이었다.

　왜 재미가 있는지 생각해 보니 병원에 들어온 이후, 내가 무언가를 선택한 적이 거의 없다는 것을 깨달았다.

　매일 간호사 언니가 시키는 대로, 의사 선생님이 하라는 대로, 부모님이 결정하는 대로 행동했었다. 내 모든 일상이 다 정해진 대로만 흘러가고 있었다.

　하지만 오늘은 달랐다. 그래서 특별했다.

　비록 싸가지라곤 전혀 없는 간병인과 함께하는 자리였지만, 그것도 그것 나름대로의 특별한 경험이란 생각이 들었다.

"영화 볼 건데 휠체어에서 내리는 게 낫지 않을까?"
"마음대로 해. 쓰러질 것 같으면 바로 부축해 줄 테니까."

　난 휠체어를 구석에 두고 영화관 의자에 앉았다.

　휠체어와 달리 푹신푹신한 느낌이 참 좋았다. 내가 상상하던 영화관 느낌 그대로였다.

'오길 잘 한 것 같아.'

영사기가 돌아가고 10분 동안 내리 광고가 이어지는데도 나는 모든 게 새롭게 느껴졌다.

5.1채널에서 쏘아 준다는 음향 사운드, 거대한 스크린 모두 TV나 스마트폰과는 전혀 다른 특별한 느낌을 나에게 선사해 주고 있었다.

내가 개랑 보기로 한 영화는 〈더 트랩〉이라는 미스터리 스릴러 영화였다.

생각보다 무섭고 잔인했다.

분명 15세 이용가인데, 왜 사람이 죽는 거지?

나는 난생처음 겪는 무서운 음향과 긴장에 가슴이 철렁이고 말았다.

갑자기 뚝 떨어지는 시체와 어둠 속에서 등장하는 살인마. 그리고 그런 살인마들로부터 살아남기 위해 절규하고 대응하는 주인공들. 그리고 말도 안 되는 반전까지.

엄청난 긴장감이 오가는 탓에 등줄기에 나도 모르게 땀이 흘렀고, 심지어 무서워 눈물까지 나왔다.

영화가 끝나고, 조명이 켜지자, 옆자리에 앉은 개가 나를 물끄러미 쳐다보며 물었다.

"울었냐?"

"조금."

"이런 걸 보고 뭘 우냐. 일어서, 휠체어 탈 때까지 부축해 줄게."

"……."

다시 휠체어를 타고 영화관을 나왔다.

오후 6시 50분, 눈에 넣어도 괜찮을 것 같던 맑은 하늘이 이미 붉은 노을로 가득 차 버렸다.

다시 횡단보도를 건너기 위해 보행자 도로에 멈춘 난 병원으로 돌아갈 것을 알면서도 아쉬움에 휠체어를 밀고 있는 그에게 물었다.

"병원으로 돌아가는 거지?"

"응. 이제 시간 다 됐어. 더 이상 놀다간 간호사 누나한테 들킬 거야."

"그럴지도."

신호등이 녹색으로 변했다.

나는 녹색등이 너무나 야속했다. 화내고, 싸우고, 웃고, 울고, 오늘 정말 많은 일이 일어났다.

모처럼만에 평범한 사람들이 어떻게 살아가는지 새삼 깨닫게 되었건만, 다시 병원으로 돌아가야 하는 이 상황이 너무나 착잡하게 느껴졌다.

하지만 내 감정과 상관없이 나는 어느덧 병원 정문 앞에 도착해 있었다.

내 의지와는 상관없이 움직이는 휠체어는 병원 정문을 지나 엘리베이터로, 엘리베이터를 통해 내가 지난 4년간을 보내야 했던 병실로 나를 데려갔다.

그는 병실에 도착한 뒤 나에게 물었다.

"부축해 줄까?"

"아니, 괜찮아. 혼자 일어설 수 있어."

대답과 함께 침실에 올라간 나를 본 그는 휠체어를 만지며 말했다.

"휠체어는 접어서 정리해 둘게."

딸깍딸깍 소리와 함께 휠체어가 접히고, 접힌 휠체어를 침대 옆에 포개어 집어넣은 그는 머리를 긁적이며 말했다.

"저기…."

"……."

"오늘 있었던 일은 간호사 누나하고 부모님한테 비밀이야. 그 정도는 해 줄 수 있지?"

"응."

"그럼 저녁 가지고 올게."

나는 그가 이미 병실을 떠났는데도 한동안 병실 문 쪽을 바라보고 있었다.

내가 왜 그렇게 말했을까?

생전 처음 느끼는 감정이었다.

오전의 나였더라면 분명 비밀로 해 달라는 말에 절대 안 된다고 말했을 것이다.

그때, 엄마가 병실을 열고 들어왔다.

"주아야. 별일 없었지?"

"응."

나에게 안부를 물은 엄마는 휠체어의 위치가 바뀌어져 있는 것을 보고 나에게 시선을 돌렸다.

"밖에 나갔다 온 거야?"

"어. 잠깐 요 앞에만 다녀왔어."

"엄마가 밖에 나가지 말랬잖아. 안 그래도 심장이 아픈 애가, 감기라도 걸리면 어떻게 하려고 그래. 다음부터 나가지 마. 알았어?"

항상 이런 식이다. 엄마는 언젠가는 내 심장병이 나으리라는 희망을 품고 나에게서 자유를 빼앗는다.

확실히 기관지가 나빠지면 심장병에는 치명적이다. 예전에 감기에 걸려 끙끙 앓았을 때, 협심증까지 같이 와서 정말 죽다 살아난 적이 있었다.

그때에는 정말 삶을 포기하고 싶어서 한동안 펑펑 울기만 했었다.

그 이후 엄마의 걱정은 더욱 심해졌고, 난 그런 엄마의 모습에 더욱더 착한 딸이 되어야겠다고 결심했다.

58

"알았어. 안 나갈게."

"그래."

그때, 간병사인 그가 저녁을 가지고 들어왔다.

그를 처음 본 엄마는 신기한 듯 쳐다보았다.

"학생이 우리 주아 간병사예요?"

"네. 전임자 대신 왔습니다. 보름만 제가 맡기로 했어요."

"몇 살이에요?"

"스물 셋입니다."

엄마는 그를 보며 의문이 풀리지 않았는지, 더 캐물었다.

"요즘에는 이렇게 어린 학생도 간병인을 해요?"

"드물지만, 없진 않습니다. 아~ 물론 제가 특이한 케이스긴 합니다. 제가 예전에 만성 신부전증을 앓았었거든요. 그때 간병해 주신 분이 생각나서, 저도 그분처럼 간병인이 필요한 환자분들에게 도움이 되는 사람이 되고 싶었거든요."

"아…."

"환자식은 여기다 놓고 가겠습니다. 저는 이제 근무 시간이 끝나서 이만 돌아갈까 하는데, 괜찮을까요?"

엄마가 고개를 끄덕이자, 그가 무언의 인사를 한 뒤 병실 밖으로 나갔다.

엄마는 밥을 먹는 나를 쳐다보더니 머리를 갸웃거리며 물었다.

"불편한 건 없었니?"

"어. 딱히 없었어."

"불편하면 말해. 다른 간병인으로 변경해 달라고 할 테니까."

"아니야. 괜찮아. 불편한 거 없었어."

"밥 더 먹어. 왜 이렇게 입이 짧아?"

엄마의 말에 식판을 바라보았다.

밥 먹은 지 5분이 지났는데, 반찬과 밥이 그대로 남아 있었다.

밥이 왜 이렇게 넘어가지 않나 했더니, 오늘 생각보다 맛있는 음식들을 많이 먹었다.

치킨에 나초, 거기에 콜라까지.

아직 그 음식들이 소화도 되지 않았으니, 저녁 식사가 영 당기지가 않았다.

"그만 먹을래."
"그러지 말고 더 먹어."
"배불러서 그래. 그만 먹을게. 엄마."

나의 말에 엄마가 속상한 표정을 지으며 말했다.

"주아야. 정말…. 엄마, 너무 속상하다."

엄마가 슬픈 표정을 지으며 식판을 정리했다.
나는 엄마의 얼굴을 애써 외면하며 고개를 돌렸다.

"잘게. 엄마. 엄마도 회사 다녀와서 피곤할 텐데, 그만 집에 들어
가서 쉬어."
"주아야."
"나도 오늘 오전에 주사 맞아서 피곤해서 그래. 쉴게. 엄마."

내가 고개를 푹 숙이자, 엄마가 한숨을 내쉰 후, 식판을 들고 나

가며 말했다.

"내일 아침 출근 전에 다시 올게. 무슨 일 있으면 전화해."
"응."

엄마가 떠나고 병실에 홀로 남자 갑자기 눈망울에 눈물이 고이기 시작했다.

엄마한테 예쁜 딸이고 싶은데, 언제까지나 엄마한테 좋은 딸이고 싶은데, 오늘 또 실수를 하고 말았다.

이게 내 마지막 모습이면 안 되는데…. 엄마한테 내 마지막 모습은 밝게 웃는 모습이어야 하는데, 행복한 모습이어야 했는데 실수를 해 버렸다.

후회하는 마음을 뒤로 하고 난 눈을 감으며 다짐했다.

내일은 반드시…. 내일은 반드시 엄마한테 행복한 모습을 보여 주겠다고.

엄마와 아빠 그리고 모두를 편하게 해 드리겠다고.

다음 날이 되었다.

여느 날과 마찬가지로 오전 6시가 되면 간호사 언니가 병실에 들어와 창문을 연다.

오늘은 맑고 화창했던 어제와 달리 창밖이 어둡다.

금방이라도 소나기가 내릴 듯 짙은 구름이 하늘을 뒤덮고 있었고, 요란한 천둥소리 또한 들려왔다.

나는 바깥 날씨에 찡그린 표정을 지으며 간호사 언니에게 물어보았다.

"언니, 오늘 비 와요?"

"아침에 소나기가 온다는 소식이 있었어."

"아…. 네."

소나기 소식을 들은 난 기분이 푹 하고 가라앉았다.

'오늘은 죽기 힘들겠구나.'

어제, 자기 전 난 완벽한 계획을 세웠다.

엄마가 아침에 오면 완벽한 모습으로 아침을 먹고, 간병인이 오기 전에 병실을 빠져나가 옥상으로 올라가 1층으로 뛰어내려 생을 마감한다.

이 완벽한 엔딩에는 세 가지 조건이 있었다.

1. 내가 사랑하는 사람들에게 보이는 마지막 모습이
   행복한 모습일 것.
2. 뛰어내리는 모습은 내가 사랑하는 사람 중
   그 누구에게도 들키지 않을 것.
3. 절대 죽어도 후회할 일을 하지 않을 것.

여기서 세 번째가 걸렸다.

비를 맞으며 내 인생을 끝내고 싶지 않았다.

"근데, 비는 9시부터 온다고 하니까, 어머니 오시는 데에는 문제 없을 걸?"

"네?"

"어머니 출근길 걱정해서 우울한 표정 지은 거잖아. 아직 비 안

오고, 9시까지는 비 안 오니까 걱정 안 해도 돼."

"네!"

간호사 언니가 내 생각을 잘못 짚었지만 상관없었다.

비가 와도 내 계획은 충분히 실현 가능했다.

아침 7시에 엄마와 아침을 먹고, 8시에 엄마를 보낸 뒤 몰래 병실을 빠져나가 옥상에 올라간다.

이런 날씨라면 아무도 옥상에 없을 테니, 아무한테 들키지 않고 계획을 실행할 수 있다.

그렇게 생각하니, 모든 게 완벽한 상황이 되었다.

아침 6시 30분, 평소와 마찬가지로 엄마가 병실 안으로 들어왔다.

"주아야. 일어났어?"

"응."

"몸은 괜찮고?"

"응. 오늘은 괜찮아."

"그럼 씻어. 씻고 밥 먹자."

"응."

나는 엄마의 말대로 침대에서 일어나 화장실로 향했다.

내 병실은 1인실이기에 전용 화장실이 따로 있었다. 그래서 다른 환자와 달리 병실 밖으로 나가지 않아도 모든 일을 해결할 수 있었다.

물론, 병실 밖으로 마음대로 나갈 수도 없다는 단점도 있었지만.

아무튼 엄마의 말대로 나는 세수를 하며 말끔한 모습으로 단장했다.

평소에는 창백하기 짝이 없고, 매일 침대에 누워 있어 머리도 기름져 있지만, 머리를 감고, 세수를 한 지금만큼은 평범한 고등학생이라고 해도 누구 하나 의심하지 않을 것이다.

엄마는 내 곁에서 아침 식사를 하는 모습을 지켜보았다.

조기튀김과 김치, 감자조림과 계란국이 눈에 보인다.

오늘 또한 어제와 마찬가지로 내가 정말 싫어하는 음식들뿐이었지만, 나는 나의 멋진 마지막 모습을 남기기 위해 맛있게 먹는 연기를 시작했다.

그런 나의 모습을 본 엄마는 말없이 미소를 지었고, 그걸 본 나는 오늘도 무사히 임무를 달성했다는 성취감에 입가에 미소를 지었다.

   엄마는 내가 밥을 먹고 양치질을 하는 동안 침구류를 정리했다.
   침구류를 정리한 뒤에는 바닥에 떨어진 것들을 닦으며 내 주변을 청소했고, 난 그런 엄마에게 멋진 마지막 인사말을 건넸다.

   "엄마, 오늘도 와 줘서 고마워."
   "주아야. 나도 고마워. 열심히 밥 먹고, 열심히 치료 받아서, 완치되면 엄마랑 꼭 같이 살자."
   "응. 그럼! 당연하지."

   나의 말에 엄마가 미소를 짓더니, 병실 안에 걸린 시계로 시선을 돌렸다.
   오전 8시. 이제 곧 엄마가 출근할 시간이다.
   엄마는 안쓰러운 얼굴로 나를 쳐다본 뒤, 자리에서 일어나며 말했다.

   "우리 딸, 무슨 일 있으면 전화해. 알겠지?"

"네. 아무 일 없을 거니까 걱정 마요."

"후후, 그래. 다녀올게."

"네. 잘 다녀오세요."

엄마가 떠난 뒤, 잠시 눈치를 살핀 나는 병실 침대에서 일어나 입구로 향했다.

어제와 달리 조금 이른 시간이었기에, 어제처럼 간병인이었던 개가 날 막진 않았다.

내가 복도를 빠져나오자, 서로 인수인계를 하고 있던 간호사 언니들이 나를 쳐다보며 물었다.

"주아야. 어디 가?"

"너희 엄마가 내보내지 말라고 그랬어. 저번처럼 감기 들면 어떻게 하려고 그래? 병실에 들어가 있어."

언니들의 말에 거짓말 100단 실력을 겸비한 나는 자연스런 표정을 지으며 말했다.

"엄마가 병실에 지갑 놓고 가서요. 1층에서 건네주기로 했어요."

"그래?"

"네. 지갑만 가져다주고 다시 올게요."

"알았어."

다행히 속아 넘어간 간호사 언니들. 나는 언니들의 시야에서 멀어진 뒤, 엘리베이터 대신 계단으로 향했다.

계단을 통해 옥상까지 올라간 나는 오늘은 정말 완벽한 계획을 실행할 수 있다는 생각에 부푼 기대감을 가졌다.

그런데 옥상 문 앞에는 그 부푼 기대감을 막아서는 이가 있었다.

그는 옥상으로 향하는 문 앞에 기댄 채 계단 쪽에 있는 나를 내려다보며 퉁명스럽게 말했다.

"오늘도 뛰어내릴 생각이야?"

"……."

"간병인이 묻잖아. 뛰어내릴 생각이냐고."

완벽한 계획을 가로막는 그를 향해 나는 눈을 치켜뜨며 답했다.

"그렇다면?"

"그럼 이리 와. 문 열어 줄게."

"뭐?"

"네가 죽고 싶다면, 말리지 않을게. 어제처럼 내가 사진 찍을 것도 아니니까, 네 계획대로 해도 상관없어."

그는 오히려 옥상으로 올라가라며 손짓으로 옥상 문을 가리켰다.

나는 그의 행동에 어이가 없었지만, 그럼에도 내 완벽한 계획은 아직 진행 중이었으므로 계단을 올라 옥상 문으로 향했다.

옥상은 유리문으로 되어 있어, 유리 너머를 볼 수 있었다.

나는 유리 너머의 풍경을 보며, 내 완벽한 계획이 완벽하지 않아졌음을 통감했다.

병원 옥상은 주르륵 비가 내리고 있었다.

그것도 꽤나 많은 비가 소나기처럼 퍼붓기 시작했다.

그는 그런 비를 보며 씩 웃었다.

"왜?"

"……."

"안 죽으려면 내려가. 선생님 회진 시간 다 됐으니까."

"으…."

뭔가 분했다.

정말 너무 분했다.

하지만 화를 낼 수는 없었다.

오늘 걔는 나를 막지 않았다. 오히려 내 완벽한 계획을 응원하고 독려했다.

하지만 날씨가 나의 결단을 미루게 만들었다.

이런 날엔 죽을 수 없다.

김주아가 소나기가 오는 날, 비를 맞고 다 젖은 생쥐처럼 바닥에 떨어져 피투성이가 되었다는 마무리는 가족에게나, 친구들에게 완벽하지 않을 테니까.

오전 9시, 의사 선생님의 회진 시간.

내 옆에는 간병인인 성훈이 있었다.

의사 선생님은 가장 먼저 어제 별다른 증상이 있었는지 물었다.

"어제는 투약량을 줄여 봤는데 어때요? 참을 만했나요? 부정맥이 심해지진 않았죠?"

"네. 괜찮았던 것 같아요."

간호사 언니가 고개를 끄덕이며 나가고, 의사 선생님이 다음 병실로 회진하기 위해 병실을 나섰다.

그리고 그런 나를 그가 물끄러미 쳐다보며 말했다.

"괜찮아?"

"뭐가?"

"네 심장, 고장 나 있잖아. 약물 치료 받으면 괜찮아지나 해서."

그의 질문에 내가 잠시 고민한 뒤 말했다.

"솔직히 괜찮아지는지는 모르겠어. 하지만 방법이 없잖아? 내가 전문 지식이 있는 것도 아니고. 의사 선생님이 시키는 대로 해야지."

내 말에 성훈이 웃음을 터트렸다.

"자기 몸에 관한 건데 모르다니, 그 정도 공부는 해야 되는 거 아니야?"

"공부는 충분히 했어. 어떤 말인지도 알고."

"근데?"

"심장은 생각보다 복잡해. 특히 내 심장은 태어날 때부터 비대하면서도, 판막 모양이 남들과 다르게 태어났대. 그래서 부정맥도 있어서 가끔 쓰러지기도 하는 거야. 내 병에 대해 아예 모르는 게 아니라, 아직 완치될 수 있는 병이 아니라서 모르겠다고 말한 거야."

내 주장에 성훈이 입가에 미소를 지었다. 나는 그의 꾸러기 표정이 너무 얄미워 보였다.

"왜 웃는데?"

"방법이 전혀 없는 건 아니잖아. 심장 이식 수술, 수술을 받으면 완치될 수도 있지."

심장 이식 수술이란 말에 난 그를 째려보았다.

사실 난 심장 이식 수술을 받기 위해 대기한 지 3년이 넘었다.

그럼에도 차례가 아직도 나한테 돌아오지 않았다.

적합한 기증자가 거의 없기도 했고, 설사 맞는다 해도 나보다 먼저 기다리는 환자들이 많기 때문이다. 그래서 난 심장 이식에 별 기대를 하지 않는다.

"쉽게 말하지 마. 심장 이식 수술은 누구나 받을 수 있는 게 아니야. 면역학적 검사도 일치해야 되고, 혈액형도 맞아야 하고, 주려는 사람도 살아 있는 상태여야 돼."

"그래서 안 받겠다는 거야?"

"그건 아니지만…."

"아니지만?"

"나에게 심장을 주면, 그 사람은 죽잖아. 그건 너무 슬픈 일이야."

"하지만 그 사람은 자신의 장기를 기증함에 따라 죽어서도 다른 사람들의 생명을 살릴 수 있어. 나 또한 다른 사람의 신장을 받았기에 만성 신부전증을 가지고 있었음에도 이렇게 멀쩡히 살아 있는 거고."

"……."

내 앞에 있는 성훈은 누군가한테 신장을 받았다.

그리고 멀쩡히 내 눈 앞에 앉아 나를 보며 말하고 있었다.

나는 순간 그에게 신장을 준 사람이 누군지 궁금해졌다.

과연 그는 신장을 주고 어떻게 되었을까? 어쩌다 주게 되었지?

"공여자가 누군지 알아?"

"응."

"가족이야?"

"아니, 난 가족 없어."

"없다니?"

"교통사고로 초등학교 때 두 분 다 돌아가셨어. 그래서 가족은 나뿐이지."

몰랐다. 항상 웃고 있어서, 항상 장난 치고, 행복해 보여서 근심 없는 사람인 줄 알았다.

하지만 예상과는 달리 그의 집안 사정은 우리 가족에 비해 뭐 하나 좋아 보이지 않았다.

"왜? 슬퍼?"

"아니… 슬프다면 슬픈 건데, 왜 아무렇지 않게 행동해?"

"그거야 당연히 아무렇지 않으니까. 이미 오래 지난 일이고."

성훈의 말에 내가 대답하려는 찰나, 간호사 언니가 들어와 미소를 지으며 말했다.

"주아야. 주사 넣을게."

"네."

"수액도 좋은 걸로 갈아 줄게. 누워서 푹 쉬어."

침대에 눕자, 언니가 진통제가 포함된 정맥 주사를 넣어 주었다.

또다시 시야가 흐릿해지고, 마음에 평온이 찾아온다.

그런데 아직 이야기하고 싶은 게 남았다.

"그럼 지금 어디서 살…아?"

"후후, 이따 깨어나면 말해 줄게. 너 말 더듬는다."

물어보고 싶은 게 남았는데….

지금은 좀 쉬어야 될 것 같아 보인다.

"아…. 응."

다시 깨어난 나는 바로 주변을 살폈다.

벌써 병실 안의 시계는 오후 1시를 가리키고 있었다.

병실에 있던 꽃병에 물을 주던 성훈은 내가 깨어난 것을 알아차리고 웃으며 말했다.

"이제 정신이 들어?"

"응."

"점심, 가져올게."

"아…. 응."

성훈이 점심을 가져오는 동안 거울을 살펴보았다.

자는 동안 침대에 너무 푹 기대 잤는지 얼굴에 깊은 자국이 생겨 있었다.

'으으…. 이러고 자고 있었던 거야?'

나는 얼굴을 매만지며 깊이 들어간 피부가 얼른 원상태로 돌아오라고 주문을 외웠다.

주문을 세 번 정도 외웠을까? 성훈은 또다시 맛없는 병원식을 가져오며 웃음을 지었다.

"오늘 점심도 꽝이네."

"꽝?"

"다 맛없는 음식뿐이라고."

콩밥에 청국장, 나박김치와 순두부와 오징어볶음.

소박하며 영양을 생각해서 짠, 정말 예상이 가는 맛.

건강에는 너무나 좋지만, 매일 먹기는 싫은 음식들이다.

"꼭 그런 말을 해야겠어?"

"그래서 준비했지. 이게 뭐게?"

나는 장난치듯 뒤로 손을 숨긴 성훈의 행동에 표정을 찡그리며 말했다.

"아무것도 없잖아. 장난치지 마."

"아닌데?"

"뭔데? 먹는 거야?"

"그래. 먹는 거야."

먹는 거라는 말에 나는 그의 몸 뒤로 시선을 돌리며 말했다.

"햄버거?"

"땡!"

"핫도그?"

"어?"

"핫도그네. 맞지?"

나의 말에 성훈이 재미없다는 표정을 지으며 등 뒤에 있던 핫도그를 꺼냈다.

"어떻게 알았어?"

"병원 1층에 편의점이랑 햄버거, 핫도그 가게밖에 없잖아. 다른 음식들은 나가서 시켜먹어야 되니까, 편의점 음식 아니면 햄버거나 핫도그일 거라고 생각했지."

"너무 쉬웠나?"

"엄청. 눈 감고도 맞출 수 있는 문제였지."

내 대답에 한참을 실망한 눈치였던 그는 허망한 표정으로 말했다.

"정답 맞췄으니까, 밥 다 먹으면 핫도그 줄게."

"꼭 밥 다 먹어야 돼? 그냥 주면 안 돼?"

"안 돼. 난 네 간병사니까. 식사는 다 먹이고 먹여야지."

그의 말에 나는 한숨을 푹 쉬었다.

하지만 핫도그는 진짜 먹고 싶었다.

몸에 좋지 않은 음식이라며 매번 엄마나 아빠의 반대 때문에 먹고 싶은 것도 제대로 먹어 본 적이 없었다.

그래서 그의 제안은 나한테 꽤나 매력적으로 다가왔다.

"다 먹었어."

"나박김치 남았잖아."

"이건 봐주라."

"내 스타일 알잖아. 반찬도 남기지 말고 다 먹어."

"이거 먹으면 돼지 될 텐데?"

"돼지 되어도 괜찮아. 그리고 먹어도 돼지 안 돼. 돼지는 돼지만 될 수 있어. 사람은 돼지가 될 수 없지. 살은 좀 찌겠지만."

"와~ 노잼. 핵노잼."

내 노잼이란 말에 성훈도 민망했는지 더 이상 말을 하지 않았다.

"……."

핫도그를 먹기 위해 남은 나박김치를 다 먹고, 그의 손에 들린 핫도그를 빼앗았다.

오랜만에 먹는 핫도그.

역시 예상 그대로의 맛, 딱 그 수준이다. 나도 모르게 웃음이 나왔다.

나의 웃음에 성훈이 물었다.

"맛있나?"

"응. 맛있네. 근데 생각보다 엄청 맛있진 않기도 하고."

"병원에서 파는 거니까, 엄청 맛있을 거라 기대한 게 잘못 이닌가?"

"핫도그는 원래 이런 맛 아니야?"

"더 맛있는 핫도그도 많아. 홍대 근처에 가면 마라핫도그를 파는데, 그게 진짜 맛있지."

"마라? 그 마라탕에 넣는 마라? 호불호 엄청 갈릴 것 같은데?"

"나는 호불호 중 호니까."

나는 마라탕도 꼭 먹어 봐야겠다고 결심했다. 사실 병원에서 오래 지내는 바람에 아직 먹어 보지 않은 음식들이 많다. 사람들이 추천하는 마약김밥, 로제떡볶이, 휘궈 같은 음식들은 병원에서 제공하지 않는다. 다른 사람의 말을 통해 대충 어떤 맛인지 상상하긴 했지만, 직접 먹는 건 또 다른 일이니까.

그러고 보니 성훈과 나는 참 빼앗고, 뺏기는 존재였다.

처음에 난 그의 수첩을 빼앗았고, 그는 내 교환 일기를 빼앗았다.

물론 서로 돌려줬고, 돌려받았긴 했지만, 오늘 핫도그를 빼앗는 과정에서 뭔가 어제, 그제의 일을 반복하는 것 같다고 생각하니 나도 모르게 웃음이 나왔다.

"잠깐 산책이나 할래?"

"그래도 될까? 비는 그쳤어?"

"응. 소나기였으니까. 너만 입 다문다면 산책해도 크게 문제없지 않을까? 난 간병인이지만, 병원은 싫거든."

병원이 싫다는 말에 나도 모르게 고개를 끄덕이고 말았다.

솔직히 병원 생활을 오래 해 본 사람이면 다들 공감할 거다. 약 냄새로 가득한 병실, 그리고 너무나 반복되는 일상에 따른 무료함이 만연한 곳이 바로 이 곳, 병원이니까.

그래서 난 그의 손을 잡으며 활짝 웃었다.

"나갈까?"

"아…. 손은 왜?"

"이 정도는 들어주려고. 너도 어제 나한테 영화 보여 줬으니까."

그는 내심 싫지 않은 표정으로 내 손을 잡고 병원 밖으로 나왔다. 어제와는 달리 병원 뒷문으로 나온 나는 병원 뒤쪽에 놓인 벤치에 앉아 대화를 이어 갔다.

"오전에 궁금했는데 못 물어봤어. 신장은 누구한테 받은 거야? 가족?"

"아니."

"그럼 모르는 사람? 기증?"

"그것도 아니야."

"그럼 뭔데?"

나의 물음에 그가 천진난만한 웃음을 지으며 되물었다.

"조그만 게 자꾸 오빠한테 반말이네. 너 나랑 몇 살 차이 나는지 알아?"

"다섯 살."

"그럼 기본적으로 존댓말 해야 되는 거 아니야?"

"난 그렇게 하기 싫은데?"

처음 만났을 때부터 반말을 해 버릇해서 그런지, 난 지금이 좋았다. 나의 말을 들은 성훈은 한숨을 푹 쉬더니, 고개를 절레절레 저으며 말했다.

"마음대로 해. 어차피 보름만 일하는 거니까, 서로 예의까지 차릴 필요는 없겠지."

"누가 들으면 언제는 예의 차렸는지 알겠네."

나는 처음으로 성훈에게 제대로 한 방 먹였다는 사실에 속으로 쾌재를 불렀다.

그러자 성훈이 인상을 찌푸리며 말했다.

"너, 그러니까 남자 친구가 없는 거야."

"뭐래는 거야. 난 아파서 없는 거거든. 나가면 인기 많거든?"

"누가 인기 많대?"

"지수가 그랬다. 나도 꾸미면 예쁘고, 인기 많을 거라고."

"지수?"

"내 절친 이름이 지수야. 주말마다 나 보러 오는 애 있어."

"그렇구나."

성훈은 내 이야기가 재미없었는지 나에게 손을 내밀며 말했다.

"가자. 보여 줄 게 있어."

"어떤 거?"

"여기서 금방이야."

성훈은 병원 뒷문으로 나를 안내했다. 환자복을 입고 나가는 게 걸리긴 했지만, 놀랍게도 아무도 밖에 나가는 것을 신경 쓰지 않았다.

병원을 빠져나가고 얼마 지나지 않아, 공원이 눈앞에 펼쳐졌다. 그 공원은 병원 근처에서도 잘 꾸며져 있기로 유명한 곳이었는데, 성훈은 공원 초입에서 관계자 외 출입 금지라고 적힌 팻말 쪽으로 나를 유도했다.

"여기 들어가도 돼?"

"응. 괜찮아. 몇 번이나 가 본 곳이니까 괜찮아."

성훈을 따라 팻말을 넘어간 곳은 바닥이 푹 꺼져 있고, 명판이 놓여 있었다.

[주의 : 운석이 떨어진 지점]

이곳은 관계자 외 일반인의 출입을 금합니다.

"운석?"

"응. 너도 알지? 5년 전 그 서울 하늘을 빛냈던 소행성. 그 파편이 떨어진 곳이 여기야."

"알아. 사진으로는 봤는데, 실제로는 처음 봐. 이렇게 병원하고 가까운지 몰랐어."

여기가 어디인지 알 것 같았다. 5년 전, 서울 상공에 커다란 섬광이 터진 적이 있었다.

대낮인데도 서울 전체가 밝은 빛으로 눈부셨는데, 그 섬광의 원인은 다름 아닌 소행성에서 떨어져 나온 운석 때문이라고 했다.

그 운석이 병원 근처에 떨어졌다고 했는데, 성훈이 안내한 곳이 바로 그 자리인 것 같았다.

나는 신기한 표정으로 푹 꺼진 바닥을 보았다.

하지만 떨어졌다는 운석은 보이지 않았다. 아무래도 누가 가져간 듯했다.

"운석이 없네. 누가 팔았나?"

"아니."

"그럼?"

"사실 떨어진 건 운석이 아니라는 이야기가 있어."

"운석이 아니라고? 그럼 뭔데?"

"응. 넷상에 떠도는 이야기로는 UFO나, 그게 아니면 타임머신이라는 소리도 있지."

"킥. 말도 안 돼. UFO는 몰라도, 타임머신이 왜 있어."

"그러니까 떠도는 이야기지. 근데 난 말이지. 여기가 좋아."

"왜?"

"운석이 떨어진 날이 내가 병원에서 시한부 선고를 받은 날이었거든. 그것도 6개월."

"아…."

나와 다른 듯 다르지 않은 그의 말에 난 잠시 말문이 막혔다.

하지만 이내 곧 미소를 지으며 말했다.

"그래도 이제 죽지 않잖아. 신장 이식도 받았으니까."

"그렇지? 너도 얼른 심장 이식 받았으면 좋겠다. 나처럼 오래 살았으면 좋겠어."

그의 말에 기분이 상당히 묘해졌다.

분명 난 이틀 전까지만 해도 죽음을 생각했는데, 그러면 모두 편하게 살 수 있을 텐데.

나, 더 살아도 되는 걸까?

요 며칠 평소보다 덜 아파서 그런지, 평소와는 달리 죽어야겠다는 생각도 전처럼 크게 들지는 않았다.

지루하다는 느낌도 많이 사라졌다.

나는 곰곰이 내가 왜 그렇게 변했는지 생각해 보았다.

정말 여러 차례 생각하고, 수십 번의 고민 끝에 삶을 끝내기로 결심했는데, 지금은 전혀 그런 마음이 들지 않았기 때문이다.

무엇이 바뀌었을까?

생각해 보니 바뀐 것은 간병인뿐이었다.

그 이전의 간병인이 지금의 성훈으로 바뀌었을 뿐이었다.

'애 때문이라고? 이 감정이 모두 애 때문이야?'

생각도 잠시, 성훈은 나에게 또 다른 제안을 해 왔다.

"마라핫도그 말고 마라탕 먹어 볼래? 여기 근처에 맛있는 마라탕집 있는데."

안 그래도 아까까지만 해도 마라탕을 먹어 보고 싶다고 생각했었기에, 난 고민 없이 바로 승낙했다.

성훈이 데려간 곳은 중국 분위기가 물씬 나는 가게였다.

가게 간판부터 붉은색인 그 집은 오로지 마라탕과 마라샹궈밖에 판매하고 있지 않았다.

가게 점원이 손님이 왔는데도 아무 말 없는 게 이상했는데, 우리보다 일찍 온 손님들은 바로 냉기가 끊임없이 흘러나오는 냉장고 앞으로 가서 볼에 재료를 담은 뒤, 주인장에게 향하고 있었다.

"마라탕이에요? 마라샹궈예요?"

"마라탕이요. 매운 맛은 1단계로."

"네. 400g이라 8,000원입니다. 각자 계산이죠?"

"네."

그램 단위로 가격을 책정하는 판매 정책이 너무나 신선하게 느껴졌다.

여기 가게는 1인분 단위로 팔지 않고, 자기가 담은 중량만큼만 가격을 매기고 있었다.

신기해하는 나에게 성훈이 그릇을 건네며 말했다.

"여기에다가 먹고 싶은 거 담아."

"응. 돈은 내가 낼게."

"됐어. 내가 낼게."

성훈이 재료를 그릇에 담아 가게 주인에게 넘기며 말했다.

"뒤에 재하고 같이 계산할게요."

"마라탕으로?"

"네. 둘 다 마라탕으로 주세요. 매운 맛은 1단계로. 소고기도 추가해 주세요."

잠시 후, 가게 주인은 내가 선택한 재료에 뜨끈한 육수를 넣고 끓인 마라탕을 가져왔다.

국물을 떠먹어 보니, 땅콩이 들어간 육수에 마라 특유의 알싸함이 한국의 매운 맛과는 달리 매우 독특하게 다가왔다.

"풉. 맵냐?"

"아니야. 맛있어. 근데 양이 많은 것 같아."

"많으면 남기던가."

퉁명스럽게 말한 그는 마라탕을 쉴 새 없이 입 안에 넣었다.

그의 먹는 모습을 보니, 자기가 먹고 싶어서 나한테 먹인다는 핑계로 여기까지 데려온 것 같은 기분이 들었다.

"너, 이거 먹으려고 나오자고 했지?"

"아닌데?"

"그럼, 일하기 싫어서 그런 거야?"

"넌 어떻게 생각하는 게 다 그렇게 삐뚤어져 있냐? 그런 거 아니니까 먹기나 해."

분명 배부른데도 마라탕의 국물까지 다 먹고 말았다.

매일 이렇게 먹으면 정말 돼지가 될지도 모른다는 생각이 들었다.

아, 돼지는 돼지만 된다고 했었지? 사람은 살만 찐다고.

나도 모르게 성훈이 했던 말이 떠올라 헛웃음이 튀어나오고 말았다.

"왜 웃냐?"

"배가 이렇게 부른데, 이걸 국물까지 다 먹은 게 웃겨서."

"그게 웃기다고?"

성훈의 핀잔을 무시한 나는 씩 웃으며 물었다.

"너도 마라탕 엄청 좋아하지?"

"원래는 안 좋아했는데, 지금은 바뀐 것 같아."

"그게 무슨 말이야?"

"말하자면 복잡한데…."

성훈이 잠시 고민하더니, 이내 어쩔 수 없다는 표정을 지으며 말했다.

"너 그 이야기 들어 봤어? 장기 이식을 받게 되면 장기를 준 사람들의 기억이나 습관들이 받은 사람들에게 일부 전해진다는 이야기."

"아, 그거 옛날에 TV프로그램 서프라이즈에서 본 것 같아. 근데 그게 진짜야?"

　나의 물음에 성훈이 고개를 끄덕였다.

"나한테 신장을 준 사람은 마라탕을 정말 좋아했던 것 같아. 난 마라에 들어가는 초피가루가 정말 안 맞았었거든. 혀가 너무 얼얼해져서 그 감각이 싫었는데, 지금은 그런 게 모두 사라졌어."
"와, 그런 게 느껴지는구나. 어떻게 그런 게 가능하지?"
"인터넷으로 검색해 보니 그게 셀룰러 메모리 신드롬, 즉 세포 기억설이라는 주장이 있어. 기억은 뇌에 저장이 되지만, 각 장기 세포에도 조금씩 저장이 되는 거지. 그래서 장기를 이식받으면 기증자의 습관, 행동, 취미 등이 이식받은 사람에게 영향을 주는 거야."

　아팠던 건 다른 장기지만, 분명 장기 이식에 있어서는 성훈이 선배였다.
　솔직히 그의 말이 믿기지는 않았다.
　안 먹던 음식을 좋아하게 되었다고 해서 과연 그게 장기 기증 때문일까? 그런 생각은 오히려 확증편향일 수도 있다 싶었기 때문이었다.

"후후, 재밌네. 나 제대로 속았어."

"뭐가?"

"네가 말한 세포 기억설. 장기에는 기억이 저장되지 않아. 나 심장이 아픈데도 기억에 이상이 없는걸? 만약 심장에 기억이 저장된다면, 난 기억이 엄청 지워졌을 텐데?"

"믿기 싫으면 믿지 말던가. 강요한 건 아니야."

"삐진 거야?"

"그럴 리가. 아~ 저기 들어갈래?"

성훈은 나에게 어떤 건물을 가리켰다. 그 건물은 병원 근처에 있는 미술관이었다.

"우와, 미술관, 꼭 와 보고 싶었는데."

"환자복으로는 안 되려나?"

"일단 가 볼래. 아까 음식점에서도 딱히 뭐라고 하는 사람이 없었으니까, 미술관도 별말 없을 거 같은데?"

나도 모르게 용기를 내었다. 며칠 전까지만 해도 환자복을 입고 병원 밖으로 나오는 일은 상상도 못했는데, 지금은 솔직히 아무렇지 않았다.

그리고 의외로 사람들은 아무 말도 하지 않았다. 그저 지나가며 한 번 눈길을 주는 정도였다.

미술관 입구 앞에 도착한 우리 앞에 안내 데스크를 본 성훈이 말했다.

"학생 할인이 있네. 뭔가 좋은데?"

1인당 10,000원의 입장료. 다행히 난 학생이라 학생 할인을 받아 5,000원이다.

"이건 내가 낼래."
"괜찮은데."
"됐어. 내가 낼 거야."

성인 1명, 청소년 1명 분의 입장료를 지불한 나를 본 성훈은 말

없이 나를 안쪽으로 안내했다. 우리는 자연스럽게 입구부터 미술관 관람을 시작했다.

첫 시작부터 현대 미술 거장들의 작품들이 미술관에 걸려 있었다.

사람처럼 생긴 조각상을 떠받치는 로봇들의 조각상.

인류 멸망까지 2분 남았다는 11시 58분을 가리키는 시계.

미래의 의류라며 1초마다 색감과 패턴이 바뀌어 버리는 원피스까지.

신비롭지만 해석하기 난해한 작품들이 현대 미술이라는 이름 아래 미술관 구석구석을 차지하며 전시되어 있었다.

"진짜 신기하다. 근데 생각보다 엄청 노력을 들여 만든 건 없네. 아이디어 싸움인 것 같아."

"그게 현대 미술의 묘미지. 이제 추상화, 풍경화, 유화 등 전통적인 미술 영역을 할 줄 아는 사람은 너무나 많아졌거든. 그러니 흔한 것보다는 신기하고 눈에 띄는 것들에 사람들이 집착하기 시작했지."

나는 성훈이 가진 미술에 대한 생각이 너무나 신선하게 다가왔다.

나랑 나이가 얼마 차이가 안 나는데도, 이런 말을 할 수 있다니.

나랑 지수는 이런 대화를 해 본 적이 없었다.

확실히 성인은 성인인 듯했다.

미술관 관람을 끝낸 나는 아쉬운 듯 휴대폰을 바라보았다.

"이제 들어가야겠지? 더 놀다간 간호사 언니들한테 혼날 거야."

"응. 돌아가자."

병원으로 걸어가는 동안 성훈은 아무 말도 하지 않았다.

그럼에도 난 기분이 좋았다. 발걸음이 그 어느 때보다 경쾌했다.

어제가 나에게 최고의 하루였다고 생각했는데, 오늘 또한 어제 만큼 재미있었다.

출입 제한 지역에 들어가 운석이 떨어진 지점을 보고, 먹고 싶었 던 마라탕을 먹고, 거기에 미술관까지 다녀왔다.

모든 게 내 인생에 있어 첫 경험들이다.

병원 뒷문에 거의 도착한 나는 잠시 고민 끝에 성훈에게 물었다.

"혹시 내일도 와?"

"내일은 주말이잖아. 내일은 출근 안 해. 집에서 쉴 거야."

"그럼 번호 알려 줘."

"번호?"

"휴대 전화 번호."

성훈은 잠시 고민하더니, 내 휴대전화에 번호를 찍어 주었다.
나는 그의 번호를 저장한 뒤 씩 웃었다.

"심심하면 연락할게."

"마음대로 해."

"이제 들어가자."

"응."

다시 병실로 들어온 나를 보며 간호사 언니가 물었다.

"둘이 어디 갔다 온 거야?"

"날씨가 좋아서 잠시 병원 앞 산책 좀 했어요."

"별일 없었지?"

"네."

"알았어. 다음부터는 말하고 가. 원래는 이런 거 허락하면 안 되지만."

"사고 안 칠게요."

"그래."

병실에 들어온 나를 향해 성훈이 말했다.

"저녁, 가져다줄게."

"조금만 받아 와."

"그건 내 맘대로 못 해. 정량 배식이야."

"그럼 엄마 오기 전에 같이 먹어 줘. 혼자 다 못 먹을 거야. 만약에 오늘도 밥 남기면 엄마가 화내실 거야."

내 말에 성훈이 고개를 절레절레 저으면서, 병실 밖으로 나갔다.

잠시 후, 성훈이 저녁 식단을 가져왔다.

다행히 내 요구가 싫진 않았는지 숟가락과 젓가락도 두 개씩 가져왔다.

방금 전 마라탕을 먹은 나는 저녁 식사가 하고 싶지 않았다.

"먹어 줄 거지?"

"쳇, 괜히 마라탕을 먹여 가지고."

"후후, 누가 먹이래?"

"정말 딱 반만 먹을 거야. 나머진 네가 먹어."

"알았어."

성훈은 재빠르게 병원식의 절반을 입 안에 넣었다.

그때, 바깥에서 발자국 소리가 들려왔다.

"엄마, 오는 것 같아."

"정말?"

"얼른 식판 줘."

"아, 응."

식판을 건네받은 직후, 엄마가 병실 문을 열고 들어왔다.

성훈은 밥을 입 안에 넣은 채 뒤돌아보지도 않고 꿀꺽꿀꺽 삼키는 데 집중했고, 나는 그런 그의 모습에 간신히 웃음을 참고 순가락을 들어 국을 뜨는 시늉을 했다.

다행히 엄마는 나의 연기에 감쪽같이 속아 넘어갔다.

옷장을 열어 자신의 외투를 벗어 걸어 둔 엄마는 음식을 삼키고 있는 성훈을 향해 말을 걸었다.

"오늘 우리 주아, 별일 없었죠?"

성훈은 엄마의 물음에 대답 대신 뒤돌아 있는 채로 고개를 끄덕였다.

그러자 엄마가 다시 한번 물었다.

"별일 없었죠?"

엄마의 두 번째 질문에 성훈이 남은 음식을 간신히 삼킨 뒤 대답했다.

"네. 아무 일 없었습니다. 증상도 없었고, 다 괜찮았습니다."
"아, 다행이네. 후우, 오늘 금요일이라 그런가 오는 길에 차가 막

혀서 좀 늦었어요. 이제 퇴근 준비 하세요. 주아 저녁은 제가 신경
쓸게요."

"네. 알겠습니다. 어머님. 주말은 쉬고 다음 주 월요일에 출근하
겠습니다."

"네. 조심히 들어가세요."

엄마의 말을 들은 성훈은 그 자리에서 일어나 병실 밖으로 나갔다.

성훈을 보낸 엄마는 침대 옆 간이 의자에 앉은 뒤 반 즈음 비어
있는 식판을 보며 미소를 지었다.

"그래. 주아야. 네가 이렇게 먹어 주니까 엄마가 얼마나 마음이
편해. 어제는 갑자기 성질부리고, 제멋대로고. 엄마가 얼마나 마음
아팠는지 알아?"

"알았어. 미안해."

나는 엄마의 말에 나도 모르게 한숨을 내쉬고 말았다.

엄마는 아직도 나를 보살펴야 하는 존재로 생각한다.

엄마의 입장이 이해가 되지 않는 건 아니지만, 나도 슬슬 지쳐
간다.

"아픈 데는 없었어?"

"어. 오전에 주사 맞고, 하루 종일 괜찮았어. 걱정 안 해도 돼."

"응. 엄마, 오늘은 일찍 들어가고, 내일 아빠랑 점심에 같이 올게. 필요한 거 있으면 전화해."

"알았어."

"그래. 방황하지 말고, 심장병, 다 이겨 낼 수 있으니까 엄마가 시키는 대로만 해. 알겠지?"

"……."

엄마의 잔소리가 끝났다.

엄마가 떠난 병실 안은 정적이 흘렀다.

나도 모르게 갑자기 눈물이 흘렀다.

엄마가 오기 전까지만 해도 너무 재밌었는데, 갑자기 현실의 벽에 부딪힌 느낌이다.

엄마의 말이 틀린 건 없다.

하지만 치료 가능성이 보이지 않는 병을 앓는 나에게는 희망 없는 고문처럼 느껴질 뿐이다.

그걸 엄마가 알아야 하는데.

엄마가 나를 이해해 줘야 하는데.

엄마는 나의 완치에 대한 가능성을 잃고 싶지 않아 하시고, 난 그 엄마의 희망을 꺾어 버리기 싫을 뿐이다.

그때, 친구 지수의 카톡이 도착했다.

[지수햄ㅋ] : ㅋㅋ, 한 주 잘 지냈어?

내가 지수를 [지수햄ㅋ]라는 별명으로 지은 이유는 항상 채팅을 ㅋㅋ로 시작하기 때문이다.

나는 오늘도 ㅋㅋ 이모티콘으로 시작하는 지수의 카톡에 답장했다.

[김주아] : 어. 너는?

[지수햄ㅋ] : 지금 밀린 교환 일기 쓰는 중 ㅋㅋㅋ. 미쵸. 너도 다 쓰고
있는 거지?

[김주아] : 아, 써야지.

[지수햄ㅋ] : 모야. ㅋㅋ 얼른 써. 나 거의 다 써 간다.

[김주아] : 응. 알아써. 내일 몇 시에 와?

[지수햄ㅋ] : 어머님은 몇 시에 오신대?

[김주아] : 오후에 오신대.

[지수햄ㅋ] : 혹시라도 어머님한테 교환 일기를 들키면 안 되니까 오전
        에 갈게.

[김주아] : 알았어.

나는 잠시 고민하다 교환 일기를 적기 시작했다.

사소한 이야기부터 오늘 있었던 특별한 일까지 모두 적었다.

하지만 생의 마지막에 대해서는 단 한마디도 적지 않았다.

난 아무리 나랑 가장 친한 친구, 지수라도 내가 삶을 끝내려 했
다는 것은 끝까지 말하지 않기로 결심했다.

지수가 엄마, 아빠에게 말할 가능성도 있고, 혹시나 나로 인해 지
수의 학업에 지장을 받을 수도 있기 때문이었다.

그래도 성훈에 대한 이야기는 적었다.

옥상에서의 첫 만남부터 오늘 있었던 일까지.

신장이 아팠던 그가 간병사가 되기까지의 일, 그리고 심장 이식
에 관한 그의 조언, 그리고 간호사 언니들 몰래 나가 먹었던 맛있
는 음식들과 영화, 미술관에 대한 이야기도 전부.

오늘은 평소와 달리 일기 쓰는 게 즐거웠다. 교환 일기 속 내용
은 항상 똑같았는데, 이번 주 만큼은 평소와 다른 이야기로 채워졌

기 때문일지도 몰랐다.

다음 날이 되었다.

오늘은 여느 평일과는 다른 하루가 시작된다.

여느 때와 달리 토요일이라 오늘은 의사 선생님의 회진이 없다.

매주, 토요일 일요일은 무슨 일이 있을 때만 의사 선생님을 뵐 수가 있다.

오늘 만약 아프지 않다면, 의무적으로 투약하는 진통제 처방도 넘어갈 수도 있을지 모른다.

다행히 오늘도 몸 상태가 나쁘지 않았다.

사흘 연속으로 아프지 않은 날이라니, 나에게 흔치 않은 행운이다. 부정맥으로 인해 갑자기 가슴이 쥐어짜이는 듯 아파 온다거나, 혈압이 떨어져 힘없이 푹 쓰러진다던가 하는 일은 나에게 상당히 흔한 일인데 말이다.

지수는 봄철 향기가 물씬 나는 흰색 티셔츠와 청재킷을 입고 왔다. 머리에 분홍색 캡까지 쓴 걸 보아, 오늘 패션에 상당히 신경을 쓴 듯했다.

"주아야. 보고 싶었어."

"지수야. 나도 보고 싶었어. 별일 없었지?"

지수는 일주일만의 방문에도 반갑게 인사를 건넸다. 그는 별일 없었냐는 나의 말에 미소를 머금었다.

"이번에 학교에서 본 모의고사 시험에서 5등 안에 들었어. 그래서 엄마가 월급 타시면 아이폰 사 주신대."

"아이폰, 좋겠다. 인싸 반열에 든 걸 축하해."

"후후, 자랑하는 것 봐. 아이폰 선배다 이거지?"

"자랑은, 아이폰 가지고 싶었잖아. 친구로서 축하한다는 이야기지."

지수는 내가 쓰는 아이폰을 항상 부러워했었다. 한 달 전에 부모님으로부터 이번 시험에 반에서 5등 안에 들면 아이폰을 사 준다는 말을 듣고 방과 후에도 매일 저녁 공부를 했는데, 그 결실을 맺은 모양이었다.

우리는 인사를 하고 누가 먼저랄 것도 없이 서로의 일기를 꺼내 교환했다.

나는 지수에게 있었던 한 주간의 일을 읽고, 지수는 나에게 있었던 한 주간의 일을 읽었다.

지수는 정말 공부에 진심이었던 것 같았다.

"코피도 흘리면서 공부한 거야?"

"응. 나도 코 파다가 코피 난 적은 있어도, 공부하다가 코피 난 적은 처음이야. 나도 코피 났을 땐 정말 깜짝 놀랐어."

"그렇겠다. 근데 정말 대단하네. 모의고사 시험에서 5등이면 정말 높은 거 아니야? 나 고등학교는 안 다녀 봐서 이게 얼마나 잘한 건지 잘 모르겠어."

"후후, 높은 거 맞아. 더 잘해야겠지만, 지금 순위로도 상위 15% 안에는 드니까."

지수의 귀여운 행동은 항상 자기를 칭찬할 때 나온다.

지수의 저 자신만만한 표정을 보니 나도 모르게 웃음이 절로 나왔다.

"헤에? 간병인이 남자? 그것도 5살 오빠?"

지수는 내 일기를 보더니 크게 놀란 눈치였다.

"신기하지? 그 사람도 나처럼 병원 생활을 했었대. 장기 이식도 받았고."
"응. 재미있다. 너랑 말도 잘 통하는 사람인 것 같아."

지수는 내가 쓴 일기가 흥미로운지, 꽤 집중해서 읽었다.

"호오, 외출도 하셨구만. 나랑 있을 때는 혼날까 봐 무서워서 못 나가는 애가 어떻게 이런 용기를 냈을까?"

6개월 전에 지수가 몰래 바깥으로 나가 보자고 제안한 적이 있었다.
하지만 그때의 난 엄마를 실망시키고 싶지 않아서 그러지 말자고 했다.
생각해 보니 나는 부모님의 말을 잘 듣는 아이였다.
지수 말대로 내가 왜 그런 용기를 낸 걸까? 아직도 내 자신이 이해되지는 않았다.

"그러게. 나도 모르게 이끌려서 나갔던 것 같아."

"음? 이분 잘생겼어?"

"뭐?"

"잘생겼으니까 같이 영화도 보고, 공원도 가고 미술관도 간 거 아니야?"

지수의 물음에 내가 손을 내저었다.

"그런 거 아니야."

"그럼 뭔가 심경의 변화가 있다던가? 원래 밖으로 나가는 거 싫어했잖아."

"그런 것도 아니야."

내 대답에 지수가 나의 옆구리를 간지럽히며 말했다.

"음, 뭔가 있어. 말해 봐. 일기에 안 적은 무슨 다른 이유라도 있는 거지?"

나는 지수의 말에 끝까지 아니라고 잡아뗐다.

"아니라니깐."

"크. 수상해. 평소의 주아가 아니라고 내 촉이 말해 주고 있어. 과연 뭘까? 우리 주아 씨가 숨기는 게 뭐지?"

"아무것도 숨기는 거 없으니까 추측하지 마."

내 일기의 마지막 부분을 본 지수는 다시 한번 놀란 표정을 지었다.

"헤에? 전화번호까지 교환했네. 누가 먼저 번호 달라고 한 거야?"

"……."

내가 대답을 하지 않자, 지수가 믿을 수 없다는 표정을 지으며 말했다.

"말도 안 돼, 주아 네가 먼저 전화번호를 달라고 했다고? 얼마나 잘생겼길래 우리 주아가 전화번호를 먼저 줬을까?"

"아…. 아니야. 그냥 간병인이니까, 서로의 전화번호는 가지고 있는 게 정상이잖아. 넘겨짚지 좀 마."

"우리 주아, 남자에 관심도 가지고, 많이 컸네. 많이 컸어."

"그런 거 아니라니깐?"

지수의 짓궂은 장난에 나도 모르게 목소리를 높였다.

그러자 지수가 나의 표정에 장난 섞인 얼굴을 하며 말했다.

"부정해도 소용없어."

"아- 진짜, 장난 그만해. 나 화장실 갔다 올게."

"알겠습니다. 그만할게."

"진짜 한 번만 더 하면 죽는당?"

"웃겨. 빨리 화장실이나 다녀와."

화장실 간 사이, 침대에 있는 휴대 전화의 벨 소리가 요란하게 울렸다.

내 전화의 벨 소리에 난 평상시대로 지수에게 부탁조로 말했다.

"지수야. 대신 좀 받아 줘."

"응. 알겠어."

지수는 평소대로 나의 전화를 받았다.

나에게 전화 오는 사람은 정해져 있다. 엄마나 아빠, 그리고 지수. 그게 아니면 광고, 스팸 전화. 그래서 평소에도 지수가 전화도 대신 잘 받아 준다.

그런데 오늘은 다른 사람에게 전화가 온 듯했다.

– 김주아 환자 전화번호 아닌가요?

"주아, 잠깐 화장실에 가 있는데요. 바꿔 드릴까요?"

– 아, 아닙니다. 문자로 남기겠습니다. 문자 읽어 달라고 전달해 주세요.

"네. 그렇게 전달할게요."

화장실에서 나온 나는 고개를 갸웃거리며 지수에게 물었다.

"누구야?"

"번호 보니까 그 남자던데."

"그 남자면 누구?"

"간병인. 네 전화번호 따 간 사람."

"진짜?"

"놀래는 거 봐. 진짜 좋아했나 보네."

"아니라니깐. 그 사람이 뭐라고 했는데?"

"할 말 있는데, 문자로 남기겠대. 문자 꼭 읽어 달래."

"응."

지수랑 대화가 끝날 무렵, 문자가 도착했다.

그런데 문자 내용이 상당히 길었다.

– 2024년 4월 13일 토요일 오후 3시 26분.

넌 부정맥 발작으로 인해 의식을 잃게 될 거야. 의식을 잃지 않도록 간
호사 누나한테 미리 말해 둬. 그래도 너무 걱정은 하지 마. 오늘만 견디
면 당분간은 아프지 않을 테니까. –

같이 문자를 본 지수가 몸을 움츠리며 말했다.

"뭐야. 이런 문자가 왔는데?"

오후 3시 26분에 부정맥 발작이 일어난다는 내용에 나는 지수를 의심했다.

평소 내 모든 것을 알고 있는 지수는 종종 장난을 걸곤 했다. 이런 종류의 장난은 처음이지만, 지수가 친 장난일 거라고 생각하는 게 어찌 보면 당연했다.

그 사람이 저런 문자를 보낼 리는 없을 테니까.

"지수야. 네가 보낸 거지?"

"아닌데."

"장난치지 말고. 너 내 휴대 전화 비밀번호 다 알잖아. 그 사람 번호로 문자 네가 보낸 거 아니야?"

"진짜 아니야. 내가 이런 걸로 장난을 칠 리가 없잖아."

내가 심각한 표정을 짓자, 지수 또한 굳은 얼굴로 나에게 성훈에 대해 물어 왔다.

"이분, 의사야? 아니, 의사라고 해도 부정맥 발작이 일어나는 걸 알 수 있어?"

"그렇지는 않지? 그 정도까진 모르지 않을까? 전화해서 이게 무슨 내용이냐고 물어볼까?"

나의 물음에 지수가 고개를 도리도리 저으며 말했다.

"아니, 나 지금 막 온몸에 소름끼쳤어."

"왜?"

"네가 옥상에서 바람 쐬고 싶어서 올라갔다가 만났다고 했잖아? 그때 너한테 뛰어내리라는 식으로 말했다며."

분명 일기에 그렇게 써 놓았다.

난 내가 죽고 싶었다는 말은 일기에 남기지 않았다. 그래서 지수는 내가 죽으려고 했다는 사실을 모른다.

내가 일기에 어떻게 썼더라?

분명 이렇게 써 놓았던 것 같다.

바람을 쐬려고 올라갔는데, 어떤 남자가 파노라마 사진을 찍는데 방해된다며 비키라고. 죽으려면 내가 사진 찍고 죽으라고 말했다고.

분명 이건 내가 사실을 왜곡한 게 맞다.

하지만 그걸 그대로 지수에게 설명할 수는 없었다.

지수는 나에게 있어 소중한 사람이다. 그래서 더욱더 내 속마음을 들킬 수 없다.

그건 지수에게 있어 평생 가슴 아플 상처가 될 것이다.

"지수야. 그건 장난일 거야."

"처음에는 몰랐는데, 이상해. 문자 보니까 알겠어. 장난도 그런 장난을 치는 사람이 어디 있어. 넌 더구나 환자잖아. 환자한테 뛰어내리라는 농담을 하는 사람이 정상이야? 이 사람 이상해."

"……"

"게다가 네 간병인인데도, 병원에 있어야 할 너를 영화관에 데려가질 않나, 공원에 데려가질 않나, 마라탕을 먹으러 가지 않나. 사실은 자기가 영화 보고 싶고, 마라탕 먹고 싶고, 병원에서 일하기 싫은데 돈은 받고 싶으니까 공원으로 널 데려간 거 아니야?"

지수의 의심에 아무 말도 하지 못했다.

그러자 지수는 더욱더 자신의 생각을 확고히 한 것 같았다.

"이 사람, 너한테 도움 안 되는 사람 같아. 간병인으로서 직업의 식도 부족한 것 같고, 부모님께 말해서 월요일부터는 바꿔 달라고 하는 게 좋을 것 같아."

"그렇게까지는…."

"바꿔야 돼. 나는 이런 이상한 사람이 네 곁에 있는 거 싫어. 진심으로 간병을 해도 모자란데, 이렇게 자기 멋대로인 사람에 장난이나 치는 사람이 네 간병인이라는 게 믿기지가 않아. 죄책감 때문이라면, 내가 너희 부모님께 말할게."

때마침 부모님이 병원에 오셨고, 지수는 성훈에 대한 자신의 생각을 전달했다.

지수의 말을 들은 엄마는 더 이상의 고민도 없이 간병인을 다른 사람으로 바꾸겠다고 결정했고, 그런 엄마의 말에 아빠도 알겠다며 동의하셨다.

또한 의사 선생님까지 불러 성훈에 대해 물었다.

의사 선생님은 부정맥 발작을 예고한 오후 3시 26분이란 시간에 대해 부정맥이 오는 시간까지 정확히 예측하는 건 불가능하며, 성훈은 의사는커녕 간호 교육도 받지 못한 그저 그런 간병인이며, 간병사 자격증은 민간 자격증으로 의사나 간호사처럼 전문적인 교육을 받은 사람들이 절대 아니며, 그분들은 의학적인 교육을 제대로 받지 않았으므로 장난 같다는 소견을 전했다.

의사 선생님까지 그렇게 말씀하시자, 더 이상은 돌이킬 수 없게 되었다.

나는 성훈에게 연락하려 했지만, 부모님과 지수가 결사반대를 했고, 엄마가 성훈이 소속된 간병인 협회에 전화를 걸어 성훈을 해고하고 대신 다른 분을 보내 달라는 것으로 일단락이 났다.

잠시 후, 간호사 언니가 점심과 함께 진단표를 가져다주며 말했다.

"주아야. 밥 먹고 시간 나면 여기 진단표 작성 좀 해 줄래?"
"네."

진단표에는 이번 주 지내는 동안 통증을 느꼈던 횟수와 강도를 적게 하고 있다.

내가 쓴 진단표를 본 엄마와 아빠가 미소를 지었다.

"그러고 보니 이번 주는 통증이 많이 줄었네. 안 아팠어?"

"괜찮아지고 있는 것 같지?"

"그래. 얼른 나아서 우리 주아도 얼른 지수처럼 학교 다녔으면 좋겠다. 그렇지 주아야?"

엄마, 아빠의 말에 도저히 대답이 나오지 않았다.

솔직히 말해 심장병은 금방 좋아지지 않는다. 특히 나처럼 4년째인 사람은 더욱더 그렇다.

의사 선생님도 말씀하셨다.

내 심장은 운동에 적합하지 않다고. 심박 수가 증가해도 심장 안의 혈액 흐름이 빨라지지 않아 금방 피로해지고, 어쩔 때는 호흡곤란이 와서 심장이 아프다고.

게다가 내 다리와 팔은 나도 모르게 퉁퉁 붓는다.

전문 용어로 부종이라나?

며칠 지나면 다시 원래 상태로 돌아오긴 하지만, 심장이 조금만 문제가 있어도 다음 날 어김없이 퉁퉁 부은 다리와 팔을 볼 수 있다.

그럴 때는 걷기도 힘들기 때문에 휠체어가 있는 거고, 그걸 엄마와 아빠는 모를 리가 없는데, 밑도 끝도 없는 희망을 가지고 계시니 도저히 웃을 수가 없는 것이다.

"엄마, 나 잠시 지수랑 밖에 좀 나가면 안 돼?"

"밖에? 나가면 감기 걸릴지도 몰라."

"안 걸려. 괜찮아. 햇빛 좀 보고 싶어. 지수랑 병원 앞에만 있을게. 겉옷도 단단히 입을게. 1시간만. 응?"

"엄마도 같이 나갈까?"

"아니야. 지수랑 둘이 하고 싶은 이야기가 있어서 그래. 괜찮지? 여기서도 병원 앞은 다 보이니까, 엄마 보이는 곳에 있을 테니까."

엄마는 잠시 고민하더니 알겠다며 고개를 끄덕였다.

나는 지수가 끌어 준 휠체어를 타고 병원 밖으로 나왔다.

"주아야. 오늘 날씨, 진짜 좋다. 그치?"

"……."

"주아야? 주아야! 울어?"

지수는 깜짝 놀랐다.

내가 눈물을 흘리고 있었기 때문이었다. 엄마와 아빠의 기대에 부응하고 싶지만, 그럴 수 없다는 것을 알기에, 너무 슬퍼 흘린 눈물이었다.

"미안…. 나 조금만 울게. 정말 미안해."
"아니야. 아픈 건 아니지? 아프면 병원 안으로 들어가고."
"아파서 우는 거 아니야."
"물티슈 이걸로 써. 이걸로 눈물 닦아."
"고마워."

최대한 감정을 추스르려 노력했다. 하지만 난 잘못됐다. 내 심장은 내가 원한다고 해서 고쳐지지 않는다. 이건 내가 노력한다고 될 문제가 아니다.

그러므로 엄마, 아빠의 기대는 절대 만족시킬 수 없으니, 감정 조절이 되지 않았다.

내가 갑자기 운 이유에 대해 지수가 추궁했다.
하지만 나는 엄마, 아빠를 비난하고 싶지 않았다.
엄마, 아빠가 잘못한 건 아니다. 이건 내가 잘못한 거니까.

내가 부모님의 기대에 부흥할 수 없는 거니까.

그래서 대답하지 않았다. 내 감정에 솔직할 수 없었다.

"그냥 너무 좋아서 그랬어. 이런 일상적인 활동을 너무 하고 싶어서. 모든 사람이 행복해 보이잖아."

나의 대답에 안심한 지수가 입가에 미소를 머금었다.

"그래서 운 거였어?"

"응."

"깜짝 놀랐잖아."

다행이다. 지수는 나의 말을 의심하지 않았다. 하지만 한 번 더 이런 일이 발생한다면 사랑하는 사람들에게 행복한 나의 마지막을 보여 준 뒤, 이별하겠다는 완벽한 계획은 들킬지도 모른다.

"나, 잠깐 화장실 좀 다녀올게."

"응. 같이 가자."

"아니야. 혼자 다녀올게. 휠체어 없어도 돼."

휠체어에서 일어난 뒤, 난 홀로 화장실로 향했다. 나의 감정을 다시 다잡고 행복해 보이는 나로 돌아가기 위해서다. 혼자만의 시간을 가지고 생각을 정리한다면, 나는 지수와 부모님께 완벽한 해피엔딩을 선사할 수 있을 것이다.

나는 홀로 화장실에 들어간 뒤, 거울을 보며 다짐했다.

당장 오늘이라도 계획을 실행해야겠다고.

그래서 엄마와 아빠가 더 이상 나로 인해 걱정과 기대하는 일은 없도록 하겠다고.

같은 시각, 지수는 주아가 휠체어에 휴대 전화를 놓고 갔다는 것을 알아차렸다.

진동으로 설정된 주아의 휴대 전화가 울리고 있었다.

'그 남자잖아?'

저장된 번호의 이름이 떴기에 지수는 잠시 고민하다가 대신 전화를 받았다.

"여보세요?"

– 너 간호사 누나한테 말했어? 지금 어디야?

"저 주아 친구 지수인데요."

– 주아 간병인인 강성훈이라고 합니다. 주아 좀 바꿔 주시죠.

"주아 지금 옆에 없어요. 조금 이따 올 거예요. 그것보다 말씀드릴 게 있어요."

– 급한 건가요? 급한 거 아니면 가서 말하죠. 지금 병원 입구 거의 다 와 갑니다.

"아니요. 병원으로 오시지 마시고요. 앞으로 주아한테 따로 연락하지 않으셨으면 좋겠어요."

– 그건 모르겠고, 지금 어디입니까. 간호사 분께 말씀은 드린 거죠? 의사 선생님께는 말씀드렸나요? 아~ 지금 병원 입구에서 빈 휠체어 앞에서 전화하시는 분 맞죠?

성훈의 말에 지수가 주변을 둘러보았다.

그러자 훤칠한 키의 젊은 남자가 헐레벌떡 뛰어오며 말했다.

"아, 말씀 많이 들었습니다. 강성훈입니다."

'아, 주아 간병인이구나.'

"주아는 지금 어디에 있습니까?"

주아를 찾는 성훈의 말에 지수가 눈썹을 치켜 올리며 되물었다.

"저기요. 장난이 너무 심하신 거 아니에요?"

"네? 장난이요?"

"주아한테 다 들었어요. 옥상에서 심한 말 하신 거랑, 아픈 주아 꼬드겨서 일하는 시간에 영화 보러 가시고, 그다음 날에는 공원이랑 마라탕 드시러 가신 거랑, 오늘 장난 문자 보낸 것도요."

"네? 제가 뭘 했다고요?"

성훈이 황당한 표정을 짓자, 지수 또한 얼토당토않다는 얼굴로 찡그리며 말했다.

"그만 하셨으면 좋겠어요. 이런 게 재밌나요? 오늘 오후에는 주아한테 부정맥이 올 거라고 문자 보내셨잖아요. 그것 때문에 의사 선생님도 그쪽 믿지 말라고 하셨어요. 의사도 간호사도 아닌 분이 왜 주아한테 그런 말을 하세요? 의사 선생님도 문자 내용 듣고 엄청 황당해하셨어요. 그러니 주아한테 더 이상 장난치지 말아 주셨으면 좋겠어요."

지수의 말에 성훈이 곤란한 표정을 지었다.

"됐고, 지금 주아 어디 있습니까? 아~ 병실에 있죠? 병실로 가겠습니다."

"아~ 진짜, 도대체 왜 이렇게까지 하시는 건데요?"

"말했잖아요. 3시 26분에 부정맥이 올 거라고. 지금 3시 25분입니다. 그쪽하고 이야기할 시간 없습니다!"

성훈이 다급하게 주아를 만나러 병원으로 달려가자, 지수가 그를 향해 소리쳤다.

"병실에 없어요!"

"그럼 어디에 있습니까?"

"같이 갈게요. 대신 주아가 괜찮으면 더 이상 주아한테 오지 않는 걸로 해요. 약속할 수 있죠?"

"알겠으니까 빨리 안내해요! 급합니다."

지수는 처음 만난 성훈이 완전히 미쳤다고 생각했다.

그렇지 않고서는 그가 왜 이렇게 다급한 표정을 짓는지 상식적으로 이해할 수 없었다.

하지만 화장실 안에서 혼자 가슴을 부여잡고 쓰러져 있는 주아를 발견하자 그 생각을 지워 버렸다.

지금 당장은 주아를 응급실에 데려가는 게 우선이었기 때문이었다.

"주아야! 주아야! 저기요! 주아가 쓰러졌어요! 주아가 쓰러졌어요!"

다급한 목소리에 화장실로 들어온 성훈이 곧바로 주아를 업고 응급실로 달렸고, 그 뒤를 지수가 따랐다.

깨어나 보니 응급실 안이었다.

갑자기 호흡 곤란이 와서 화장실에서 쓰러진 것까지는 기억이 나는데, 어떻게 응급실에 왔는지는 기억나지 않았다.

의식을 차린 내 옆에는 지수와 엄마가 속상한 얼굴을 하고 있었다.

"주아야. 괜찮아?"

"아이고, 우리 주아 불쌍해서 어떻게 하니."

"주아야. 엄마, 알아보겠어?"

아빠는 바로 의사 선생님을 찾았다.

"선생님! 선생님! 주아 깨어났습니다."

그러자 응급실에 있던 의사 선생님이 다가와 아빠를 향해 말했다.

"네. 아버님, 환자분 이제 의식을 차렸으니까요. 일단 몇 가지 검사 더 할 때까지는 가만히 계셔 주세요. 지금 같은 상황에서 환자분이 놀라면 더 위험해질 수 있으니까 조용히 기다려 주세요."

"네. 죄송합니다. 선생님."

"아니에요. 저희가 김주아 환자, 바로 지금 몸 상태 체크해 드리고 담당 선생님께 인계해 드릴게요."

"네. 선생님."

의사 선생님은 나의 맥박과 동공의 초점, 그리고 말투 등과 손발의 움직임 등을 보더니 안도의 한숨을 내쉰 후, 검지와 중지를 보이며 말했다.

"환자분, 저 보이시죠? 지금 제 손가락이 몇 개로 보이나요?"

"2개요."

"환자분 심장이 일시적으로 멈췄었는데 다행히 금방 발견 후 응급조치를 해서 뇌에 대미지는 크게 없는 것 같아요. 그래도 바로 혈압 체크하고 피 검사랑 심전도 체크 진행할 거니까, 가만히 누워 있어요. 알겠죠?"

"네."

이후 의사 선생님은 혈압 체크와 피 검사, 심전도 검사까지 진행한 뒤, 응급 상황은 아닌 것 같고 검사 결과는 담당 선생님께 인계한다며 나를 병실로 올려 보냈다.

병실로 돌아온 나는 지수에게 물었다.

"지수야, 나 어떻게 된 거야?"

"너, 화장실 갔다가 쓰러졌었어. 그걸 발견해서 성훈 오빠가 응급실로 업고 뛰었고, 바로 의사 선생님들이 응급조치를 하고 난 뒤에 네가 깨어난 거야."

나는 내가 쓰러져 있었다는 말보다 지수가 성훈을 부르는 호칭이 성훈 오빠로 바뀌었음이 더 신경 쓰이고 있었다.

"그 사람은 지금 어디 있어?"

나의 질문에 옆에 있던 엄마가 말했다.

"너 깨어난 거 보고 인사하고 갔어. 놀라게 해서 미안하다고 전해 달라고 하더라. 자기 때문에 놀래서 쓰러진 것 같다고 하면서 진심으로 사과하더라. 그래서 다음부터 조심하라고 하고 보냈지."

조심하라니, 엄마는 나에 관한 일이라면 합리적인 판단을 하지 못한다.

나를 지극히 아끼는 건 알지만, 그로 인해 성훈에게 너무나 큰 마음의 상처를 주고 말았다.

해고 통보도 모자라, 내 목숨을 구해 준 사람에게 그런 식으로 말하다니.

"아니야 그런 거 아니야! 엄마. 나 놀라서 쓰러진 거 아니야. 심장이 이제 더 이상 못 버틸 것 같아서… 이제 진짜… 힘들어서 그런 거야. 왜 그 사람한테 조심하라는 말을 해?"

나는 결국 눈물을 펑펑 쏟았다. 이제 진짜 내 심장은 마지막을 향해 치닫고 있었다.

4년 전에도 그랬고, 6개월 전에도 그랬고, 3주일 전에도 난 같은 일로 호흡 곤란 상태가 와서 의식을 잃은 적이 있었다.

점점 아파 오는 주기가 짧아지고 있다.

다음은 언제 또 이런 상황이 올까.

언제나 돼야 나아질 수 있을까?

울지 말아야 하는데, 마지막 모습만큼은 행복한 모습이고 싶었는데 결국 난 버티지 못했다.

"울지 마, 주아야. 괜찮아. 괜찮아질 거야."

이런 엄마의 말에 난 죽음 말고는 희망이 보이지 않았다. 의사 선생님과 나는 그 사실을 아는데, 정작 엄마는 인정하기 싫은 것 같아 마음이 아팠다.

"아니야. 엄마. 안 괜찮아. 엄마도 알잖아. 심장 이식 말고는 살 수 있는 방법이 없다는 것."

"아니야. 방법이 있을 거야. 주아 너한테도 기회가 올 거야. 그러니까 희망 버리지 말고 더 버텨 보자. 응? 마음 약해지면 안 돼. 마음 단단히 먹어야 돼. 알겠니?"

나는 엄마의 말에 더 이상 강한 모습을 보일 수 없었다.

"다들 나가 줘요. 나 혼자 있을래. 오늘 너무 피곤해."

"엄마가 옆에 있을게."

"싫어. 엄마가 옆에 있는 게 더 불편해."

"주아야."

"미안해 엄마. 나 진짜 혼자가 편해. 그러니까 나가 줘요. 무슨 일 있으면 간호사 언니가 도와줄 거니까, 그냥 혼자 있을게. 제발. 응?"

너무 심한 말을 한 탓일까.

엄마가 눈물을 흘리며 짐을 챙기기 시작했다.

"내일 아침 일찍 올게. 엄마가 미안해. 정말 미안해. 주아야."

떠나가는 엄마의 뒷모습이 그렇게 쓸쓸해 보일 수가 없었다. 보이진 않았지만, 정말 속상한 표정을 지으셨을 것이다. 떠난 빈 자리, 홀로 남은 나의 마음도 잿빛으로 물들고 있다.

'이러려고 그런 게 아닌데. 이러려고 그런 게 아닌데.'

월요일이 되었다.

토요일 이후 난 아무 말도 하지 않았다. 엄마와 아빠의 말에도 더 이상 입을 열지 않았다. 마음대로 되지 않는 몸 때문에 마음까지 죽어 버린 것만 같았다. 스스로 마음의 문을 닫아 버린 것이다.

의사의 회진 중 아팠냐는 질문에 고개를 끄덕이고, 필요한 것 없냐는 말에는 도리도리 고개를 저었다.

의사 선생님은 그런 나의 행동을 보며 씁쓸한 표정을 지으며 나가 버렸고, 곧이어 병실엔 나 홀로 남겨졌다.

생각해 보니 줄곧 난 이 병실이 싫었다.

치료를 해 주고, 밥을 주며, 병을 낫게 해 준다고는 하지만, 동물처럼, 가축이 된 것처럼 느끼는 것은 왜일까?

보살펴 준다고 하지만, 정작 내 마음은 헤아려 주지 않는 사람들 사이에서 내가 버림받진 않을까? 모두가 날 잊으면 어쩌지? 나는 어떤 사람으로 기억될까 하는 걱정과 불안에 하루하루를 조마조마 살아가는 이런 인생은 마치 애완동물이 된 것 같아 싫었다.

하루를 살더라도 제대로 살고 싶고, 모든 것을 내 마음대로 결정하고 싶었다.

그래서 엄마에게 나쁜 감정이 쌓여 버린 것일지도 몰랐다.

그래서 아빠에게 반항하는 것일지도 몰랐다.

그래서 모두에게 착한 아이가 되고 싶었는지도 몰랐다.

그 사람을 만나기 전까지는.

성훈은 나에게 있어 새로운 자극을 선사했다.

그와 지냈던 기간은 고작 사흘이지만, 난 그 사흘이 평생 중 가장 기억에 남았다.

그래서 연락하고 싶었다. 아직 휴대 전화에 그의 전화번호가 남아 있다.

죽기 전에 고맙다고 말해야 한다.

내 마음이 그렇게 시키고 있었다.

전화를 걸자, 전화기 너머로 그의 목소리가 들렸다.

– 여보세요?

"저기, 할 말이 있는데."

– 어. 만나서 이야기하자.

"뭐?"

- 지금 출근 중이야. 방금 해고당한 거 철회됐다고 연락 받았어. 병실 바로 앞이니까 가서 이야기하자.

전화를 끊고 나서 얼마 되지 않아, 그가 병실 안으로 들어왔다.

그는 자연스럽게 병실에 들어와 창문을 열고 환기를 하더니, 주변을 정리하며 말했다.

"주말에 꽤나 사고를 쳤더라?"

"무슨 사고?"

"침묵시위 했다며. 너희 엄마가 나한테 직접 전화해서 엄청 사과하시더라. 아무래도 나 때문에 네가 화난 것 같다며, 잘 말해 달라고 하시던데?"

"너 때문에 화난 거 아니야."

"아니면 말고, 하지만 말이야."

성훈은 주변 정리를 마치고 나의 눈을 똑바로 응시했다.

그가 그렇게 얼굴을 가까이 가져온 적은 처음이었다. 그는 나와 얼굴을 마주한 채 마치 훈계하듯 말했다.

"쓰러졌다고 모든 게 끝난 건 아니야. 그렇다고 마음의 문까지 닫아 버리면 진짜로 죽어 버릴 걸? 하지만 넌 그럴 그릇이 못 돼. 아직 미성년자라 미성숙하니까."

미성숙하다는 말과 함께 그가 손가락으로 나의 미간을 밀었다.

이게 은근히 기분 나빴다. 자기는 성인이고 나는 미성년자라며 계층적 우위를 점하려는 태도에 대해서는 제대로 따져야만 했다.

"난 미성년자라 미성숙하지만, 그쪽은 성인인데도 별 차이 없잖아. 너한테 그런 말 들을 건 아닌 것 같은데?"

"아, 진짜 매력 없네. 너같이 뭐 하나 지지 않으려는 여자를 어떤 남자가 좋아할까?"

"걱정 마세용. 그쪽같이 뭐 하나 지지 않으려는 남자 또한 어떤 여자도 좋아하지 않을 거니까. 애당초 남자 여자로 구분하는 것부터 문제야. 안 그래?"

나의 말을 들은 성훈이 씩 웃었다.

"왜 웃어?"

"침묵시위는 끝난 거지? 오늘부터 너희 엄마, 아빠하고도 말 하는 거지? 너 괜찮아졌다고 연락드린다?"

"너, 그것 때문에 여기 온 거야?"

"일단은 너희 엄마가 시킨 일이니까. 시킨 일은 해야지. 전화 받으셨다."

성훈은 나에게 하는 말투와는 달리 서글서글한 음정으로 전화에 임했다.

"아~ 어머님, 이제 주아, 말 잘 합니다. 확실히 어머님의 생각이 맞으셨네요. 아무래도 주아가 사춘기이다 보니까, 절 조금 좋아했나 봅니다. 그래서 어머님한테 그런 행동을 하셨던 것 같아요. 이제 다 괜찮을 테니 걱정 마세요. 아~ 네. 알겠습니다. 무슨 일 있으면 바로바로 전화 드릴게요. 네. 또 전화 드리겠습니다."

성훈의 말을 들은 나는 그를 노려볼 듯 쳐다보며 말했다.

"야, 무슨 내가 사춘기고, 내가 널 좋아해? 미쳤어?"

"아니었냐?"

"당연히 아니지. 내가 왜 널 좋아하냐!"

"아니면 말고, 어쨌든 네 침묵시위는 끝난 거니까 그거면 됐어. 그거면 월급은 나올 테고, 난 직장을 계속 다닐 수 있겠지."

"뭐?"

황당한 나의 표정에 성훈은 씩 웃으며 말했다.

"이 정도면 서로 기브 앤 테이크 아닌가?"

"기브 앤 테이크?"

성훈의 말에 내가 대답하려는 찰나, 간호사 언니가 들어오며 말했다.

"주아야. 치료실로 갈 시간이야. 준비됐어?"

"아, 네."

"그럼 출발하자. 성훈아, 휠체어 미는 것 좀 도와줄래?"

"네. 작업 치료실로 데리고 갈게요."

난 작업 치료실에서 재활 치료를 받으며 성훈과의 일을 곱씹어

보았다.

아무리 생각해도 성훈의 생각이 무엇인지 읽을 수가 없다.

쟤는 왜 계속 나를 괴롭히는 거지?

왜 난 쟤한테 한 번도 이길 수 없는 거지? 오늘 또한 그랬다. 그의 능글맞음에 결국 넘어가고 말았다.

치료하는 동안 그는 치료실 구석에서 휴대 전화에 열중하고 있었다.

환자인 나는 치료를 받는데, 간병인인 그가 휴대 전화만 보고 있는 것을 보니 화가 났다.

하지만 물리치료사의 지시를 받는 지금은 그에게 뭐라고 할 수가 없었다.

그래서 얼른 작업 치료가 끝나기만을 바랐다.

지루한 시간이 한 시간 정도 이어지고, 내 몸은 녹초가 되고 말았다.

그런 나를 향해 성훈은 방긋 웃으며 말했다.

"다 끝났나?"

"어."

"잠깐 편의점이나 가자."

"편의점?"

"어. 가끔은 이런 낙도 있어야지. 병실에만 있으면 축 처지잖아.
콜?"

그의 제안이 내심 싫진 않았기에 나는 콜이라고 답했고, 그가 편
의점 방향으로 휠체어를 밀었다.

편의점에서 음료수를 산 그와 난 편의점 앞 파라솔 옆에 앉은 채
대화를 이어 갔다.

그는 꽤나 진지한 질문을 던졌다.

"곧 죽을 것 같다는 건 어떤 기분이야?"

"놀리는 거야?"

"아니, 진심으로 물어보는 거야. 네 심장, 이식받지 않으면 방법
이 없다며. 그런 너의 본심은 어떤가 하고 궁금해서."

그의 질문에 대해서는 수백 번도 더 생각해 보았다. 그래서 쉽게
대답할 수 있었다.

"사실 죽는다는 건 아무렇지도 않아."

"아무렇지 않다고?"

"어. 사람은 언젠가 죽잖아. 나는 다른 사람보다 그 시기가 조금 빨랐을 뿐이라고 생각해. 나보다 더 이른 나이에 죽는 사람도 많잖아?"

"그렇긴 하지."

성훈은 내 대답을 듣고 꽤나 놀란 눈치였다. 하긴 그의 반응을 예상치 못한 건 아니다. 나도 처음에는 죽을지도 모른다는 사실에 굉장히 막막했었으니까.

하지만 지금은 상당히 무디어졌다. 너무 오래 그런 문제에 대해 고민하다 보니 초연해진 것 같다. 현재는 그냥 나의 죽음보다는 내 죽음으로 인해 다른 사람이 상처입고 슬퍼하는 것이 더 신경 쓰인다.

"나도 하나 물을게. 도대체 내가 부정맥으로 쓰러지는 시간은 어떻게 알고 있었던 거야?"

"정말 알고 싶어?"

"응. 넌 내가 쓰러지는 시간까지 정확히 알고 있었어. 우연이라고 하기엔 너무 정확해. 지금 말해 줘. 어떻게 안 거야?"

나의 질문에 성훈이 고민을 거듭하다 결국 입을 열었다.

그의 대답을 들은 나는 놀라지 않을 수 없었다. 그 내용이 너무 충격적이었기 때문이었다.

"난 미래의 정보를 알고 있어. 그래서 네가 심장병으로 죽지 않을 거란 것을 알아. 네가 옥상에서 뛰어내리지 않을 거라 것도 알고 있었고."

솔직히 믿기지 않았다.

미래의 정보를 알다니, 예언가도 아니고, 주술사도 아닌 *그가* 미래의 정보를 어떻게 안다고 하는 걸까?

그래도 내가 쓰러진 시간까지 정확히 예측했으니 정말 *그가* 미래의 정보를 알고 있을지도 모른다는 생각이 들었다.

"그럼 넌 미래에서 온 거야?"

"푸흡, 아니. 그럴 리가."

"저번에 네가 타임머신 이야기도 했잖아."

"내가 언제?"

"공원에서, 운석이 떨어진 곳 이야기하면서, 사실은 운석이 아니라 UFO나 타임머신일 수도 있다고 분명히 네가 말했어."

성훈이 머쓱한 표정을 지었다. 그 표정에 확신이 들었다. 그래서 나의 추측을 더욱더 몰아붙였다.

"운석이 아니라 그게 타임머신이었다면? 그걸 네가 타고 미래에서 왔다면? 그러면 내가 쓰러진 시간도 정확히 알 수 있지 않았을까?"

"아니야."

"정말 아니야?"

"너 정말 상상력이 풍부하구나. 사실대로 말하지만, 난 미래에서 오지 않았어. 그리고 난 미래에서 왔다고 한 적 없어. 미래의 정보를 알고 있다고 했지."

"미래의 정보를 어떻게 아는데?"

"그냥 알아. 모든 것을 아는 것은 아니지만, 적어도 앞으로 나에게 일어나는 일에 대해 어느 정도는 알고 있어."

성훈의 알 수 없는 말에 이해가 되지 않아 화가 치밀어 올랐다.

나름 장래의 과학자를 꿈꾸던 나다. 그냥 아는 건 말이 되지 않는다.

"과학적으로 설명이 안 되잖아."

"모든 것을 과학으로 설명할 순 없어. 세상에는 초자연적인 현상도 벌어지는 법이야. 인간들이 그 모든 현상을 규준할 순 없잖아?"

"장난치지 말고, 똑바로 말해. 네 미래의 일은 어떻게 안다는 건데?"

"그냥 안다니깐."

맨날 이런 식이다. 성훈하고 말을 하다보면 화가 날 수밖에 없다. 자기가 모든 것을 알고 있다는 우월감을 은근히 표시한다.

"쓰러지는 시간, 한 번 맞춘 거 가지고 장난치지 마. 그것만 아니었으면 이미 넌 끝났어."

"죽을 거 구해 준 사람한테 그런 말 너무 심하지 않아?"

"안 심해. 대접받고 싶으면 친절을 베풀어. 그런 장난 같은 태도라면 아무도 너를 인정하지 않을 거니까."

"난 너한테만 그러거든?"

"아~ 진짜. 한마디를 안 져 주네?"

"역지사지, 그러는 너도 한마디도 안 진다. 너부터 어떤지 생각해."

"너한테만 그러는 거거든?"

"나도 너한테만 그러거든?"

결국은 싸움으로 종결.

내가 참아야 상황이 끝난다.

"추워. 들어가."

"이것만 마시고."

"으! 으! 으! 자기 멋대로야."

편의점에서 음료를 마시고 다시 병실에 돌아온 나는 휴대 전화를 열어 재밌는 영상들을 찾아보았다.

한편 성훈은 의자에 앉은 채 자신이 가져온 가방에서 책을 꺼내 보기 시작했다.

나는 영상을 보다 말고 성훈이 무엇을 하나 관찰했다.

그는 자기 성격과 달리 꽤나 고상한 책을 읽고 있었다.

〈데미안〉이란 책이었는데, 헤르만 헤세가 쓴 책으로 100년도 더 된 소설로 알고 있다.

상당히 집중해서 책을 읽은 그는 마지막 페이지를 넘긴 후, 자신의 수첩을 꺼내 밑줄을 그었다.

나는 그것을 보며 피식 하고 웃음을 터트렸다.

"뭐야. 그 책 읽는 게 버킷 리스트였어?"

"응. 근데 왜 웃어?"

"아니, 교양하고는 거리가 멀어 보이는 사람이 100년도 더 된 책을 읽는다는 게 머릿속으로 매치가 안 되잖아."

"하나하나 해야 될 일을 할 뿐이야. 너도 알다시피 시간은 유한하잖아. 남은 시간, 소중하게 써야지."

그가 또다시 나를 훈계했다.

이런 도발을 그냥 넘길 내가 아니다. 난 성훈에게 받은 말을 그대로 되돌려주었다.

"그 말 꽤나 유식하긴 한데, 시한부 인생인 나한테 쓸 말은 아니네요."

"아직 심장 이식 수술이란 희망이 남았는데도, 본인을 시한부라 생각하는 멍청한 환자가 할 말은 아닌 것 같은데?"

으으으. 역시나다. 애는 내 말에 한마디도 지지 않는다.

"진짜 넌 내 친오빠였으면 얼굴에 죽빵 날아갔다."

"너도 내 친동생이었으면…"

"내 친동생이었으면?"

"됐다. 시간 거의 다 됐어. 나 퇴근해야 돼. 저녁 식사 가져올게."

시계를 바라보니 오늘도 벌써 하루가 다 지나가고 있었다.

죽음을 생각했을 정도로 지옥과도 같았던 토요일, 일요일과는 달리 오늘이 끝나가는 게 너무나 아쉽다.

그때, 성훈이 저녁을 가져오며 말했다.

"저녁 가져왔어. 남기면 죽는다."

"남길 거거든?"

"그럼 너희 엄마한테 이를 건데?"

"치사하다 진짜."

성훈은 결국 내가 음식을 다 먹을 때까지 눈을 떼지 않았고, 회심의 미소를 지으며 음식을 다 먹은 식판을 치우고는 작별 인사를 건넸다.

"내일 아침에 보자고. 엄마, 아빠한테 잘 해라. 어제처럼 삐져서 말 안 하지 말고. 솔직하게 감정을 털어놓아 봐. 네가 속마음을 숨기는데, 그게 잘 되겠냐?"

"그런 건 내가 알아서 할게."

"난 말했다. 그럼 내일 보자고!"

작별인사와 함께 성훈이 떠나고, 얼마 지나지 않아 회사를 마치고 엄마와 아빠가 병원에 오셨다. 엄마, 아빠는 들어오며 나의 기분이 어떤지 표정부터 살폈다.

어제까지 침묵으로 일관했으니 저런 행동이 이해되지 않는 건 아니지만, 여전히 부모님 관점에서는 내가 지켜 줘야 할 존재라고 생각해 모든 감정과 행동을 통제하려 드시니 정말 미쳐 버릴 것만 같은 건 사실이다.

"엄마, 아빠, 나 할 이야기가 있어."

"할 이야기?"

"응. 이제까지 내가 엄마와 아빠를 속이고 있었어. 난 착한 딸이 아니야. 그에 대해서 솔직하게 이야기할게. 그걸 듣고 엄마도 아빠도 나에 대해 존중해 줬으면 좋겠어."

나는 성훈이가 시켜서 말한 건 아니었다.

언젠가는 터질 일들을 미리 말했을 뿐이었다.

그러나 성훈이 말한 대로 되어 버렸다.

내가 그동안 숨기고 있던 감정을 솔직히 말하자 엄마가 펑펑 울기 시작했다.

엄마, 아빠를 위해 속 썩이지 않게 연기했던 사실도, 옥상에 올라가 매일 모든 것을 끝내기 위한 해피엔딩을 계획하고 있었던 이야기까지 시시콜콜한 이야기부터 내 내면에 있는 모든 감정을 속 시원히 이야기하니, 엄마, 아빠도 비로소 나에게 사과의 말을 건넸다.

부모로서 자식 걱정이 되는 건 당연하지만, 그로 인해 너무나 많은 부담을 주었다는 사실을 알게 된 엄마와 아빠는 그렇게 생각하는지 전혀 몰랐다며, 처음부터 솔직하게 말해 주었다면 자신들도 얼른 나아서 학교를 다녀야 한다는 말이나, 심장 이식 말고는 나을 수 없는 병을 나을 수 있다는 희망 섞인 말만 되풀이하지는 않았을 거라며, 정말 상처를 입혀 미안하고 또 미안하다는 말만 되풀이했다.

부모님과 이런 이야기를 하고 나니, 울적한 기분이 많이 해소가 되었다. 심장이 점차 나빠져 곧 죽을 거라는 사실에는 변함이 없지만, 오히려 이렇게 내 감정을 솔직히 밝혀서 부모님과의 오해를 푼게 지금에 와서는 오히려 더 잘한 일이라고 생각이 들었다.

또한 부모님으로부터 입원 치료 중에도 앞으로 간병인이나 보호자만 있다면 외출을 무제한 허락해 주겠다는 약속도 받았다.
사실 외출을 제한한 것은 병원이 아니었다. 오히려 병원은 나의 외출에 대해 꽤나 관대한 태도를 취하고 있었다.
문제는 엄마의 과도한 걱정이었다. 지금도 심장이 아픈데, 여기서 감기가 걸리면 어떻게 될까, 다른 병실 환자로부터 병이 옮으면 어떻게 하지, 처럼 일어나지도 않은 일에 대한 과도한 걱정으로 나를 옭아매고 있었는데, 그 부분에 대해서 나의 생각과 판단을 존중해 주기로 한 것이다.

단 하루 만에 이렇게 일이 해결되니, 병실에 불이 꺼지고 침대에 누워 있는 동안 여러 가지 생각이 머릿속을 맴돌았다.

'아무것도 아닌 일이었는데 너무 심각하게 생각하고 있었나 봐.'

스스로 해피엔딩이라고 생각했던 일들이 지금에 와서는 배드엔
딩처럼 느껴진다.

서로의 감정을 속 시원히 털어놓고 나니, 오늘 일이야말로 내 인
생에 있어 가장 잘한 일처럼 느껴진다.

비록 나보다 애 같지만, 성훈의 말을 들으니 뭔가 일이 잘 풀린다.

그러다보니 웃음이 나온다.

나는 눈을 감으며, 내일 성훈이 오면 무언가 포상을 줘야겠다고
생각했다. 그의 의도였든 아니든, 내 인생에 변화가 찾아온 것은 모
두 그 덕분이었으니까.

다음 날, 출근한 성훈의 손을 잡은 나를 보며 그가 고개를 갸웃
거렸다.

"무슨 의도야?"

"네 버킷 리스트 중 하나, 여자랑 손 잡아 보기."

"그게 어쨌다는 건데?"

"내가 들어주겠다는 거야. 느낌이 어때?"

내 질문에 성훈이 활짝 웃다 말고, 손을 털었다.

"뭐해?"

"별로."

"표정은 아닌데."

"아니야. 기대했던 거랑 달리 아무 감정도 느껴지지 않는다는 소
리야."

감정도 느껴지지 않는다는 말에 갑자기 기분이 나빠졌다.

"진심이야?"

"그래. 아침 식사 가져올게."

선의를 베풀고도 기분이 나쁘다. 죽기 전 반드시 해야 될 버킷 리스트라서 기껏 들어줬더니 뭐? 아무런 감정도 느껴지지 않는다고?

나는 그의 말에 치를 떨면서도, 이를 역이용해서 복수를 해야겠다고 생각했다.

그가 아침식사를 가져온 뒤 말했다.

"남기면 죽는다."

성훈이 여전히 협박투로 말하자 나 또한 그의 버킷 리스트를 무너뜨리기 위해 말했다.

"내가 음식 안 남기면 너랑 1일이다!"
"뭐라고?"
"음식 안 남기면 너랑 사귄다고."
"사귀는 게 장난이야?"
"어. 장난인데?"

나는 아침 식판에 담긴 음식을 순식간에 먹어 치우기 시작했고, 평소에는 남기지 말라고 닦달하던 성훈도 내가 아침을 먹는 속도를 보며 기겁하듯 말했다.

"야. 그만 먹어."

"말리지 마. 다 먹고 너랑 1일 할 거다. 모쏠이지? 모쏠 탈출 시켜 줄게."

"다 먹으면 죽는다."

"다 먹을 거거든?"

결국 식판을 빼앗아 간 성훈이 나를 노려보며 말했다.

"그만 먹어. 너랑 안 사귀어."

피식 웃은 나는 호출 벨을 눌러 간호사 언니를 불렀다.

"어. 주아야. 무슨 일 있어?"

"언니, 쟤가 저 밥 못 먹게 해요. 밥 먹고 있는데 식판 빼앗아 갔어요."

내가 간호사 언니에게 말하자, 언니가 성훈을 보며 이해 안 된다는 얼굴을 하며 말했다.

"병원에서 장난치면 안 돼. 성훈이 너, 간병인이잖아."

"아- 죄송합니다."

"식판 얼른 줘. 환자가 식사를 하는 걸 뺏으면 안 되지."

"네."

언니의 말에 승리를 직감한 나는 바로 숟가락으로 남은 밥과 반찬을 모두 입 안에 넣었고, 그걸 본 성훈이 인상을 찌푸리고 말았다.

식판 반납을 하러 간 그는 한동안 병실로 들어오지 않았다.

꽤나 충격을 받은 모양이었다.

결국 9시, 의사 선생님의 회진이 시작할 때까지도 그는 들어오지 않았다.

회진이 끝난 나는 시무룩한 표정으로 병실로 들어오는 성훈에게 물었다.

"이번엔 졌지?"

"그래. 졌다."

"그러니까 놀리지 마라. 알겠냐?"

"악마."

"내가 악마면, 너도 악마다."

　평소에는 내가 항상 졌지만, 오늘은 내가 1승이다. 게다가 난 거기서 멈추지 않았다.

"야. 헤어져."

"뭐?"

"1일차, 성격 차이로 관계 파탄. 이제 우리 헤어진 거고, 평소처럼 환자 대 간병인으로 돌아간 거야. 알겠지?"

"와~ 진짜. 자기 멋대로네?"

"이래야 네가 좋아하는 기브 앤 테이크지. 안 그래?"

"너 진짜 못 말린다. 됐고, 오늘 교육 있는 거 알지? 교육 참석 준비나 해."

"눼눼!"

성훈이 말한 교육은 심장병 환자 대상으로 간호사 언니들이 가르치는 심장병 재활 교육 프로그램을 말한다.

이 시간은 나와 같은 증상을 가진 사람들이 모두 교육실에 모여 평소의 생활 습관이나 운동 프로그램 등을 설명하고, 따로 상담하는 시간을 가지며 정서적으로 안정시키는 데 목적이 있다고 한다.

교육 자체는 하도 많이 들었기에 지루하고 따분한 시간일 수도 있지만, 나는 이 시간을 굉장히 좋아한다. 나와 같은 입장에 있는 사람들을 만날 수 있는 유일한 시간이기 때문이다.

마침 내 옆자리에 앉은 할머니가 내 걱정을 해 주었다.

"아이고~ 학생, 고새 많이 말랐네. 많이 챙겨 먹어. 그래야 오래 버텨."

나에게 말을 건 할머니는 2년 전부터 알고 지냈다. 1인 병실을 쓰는 나와 달리 3층 6인 병실을 쓰고 있어 자주 뵙진 못하지만, 한 달에 한 번 심장병 재활 교육 프로그램을 통해 얼굴을 알게 된 후 매번 볼 때마다 어린 내가 이렇게 아픈 게 걱정이라도 되시는지 제일처럼 챙겨 주신다.

"요즘 증상은 어떠세요?"

"할머니가 오래 살아 뭐 하겠누. 그냥 죽지 못해 사는 거지. 심장 이식 받으면 산다고 하는데, 누가 이 할망한테 심장을 주겠어? 살 때까지 살다 죽어야지."

"그렇게 말씀하시지 마세요. 오래 사셔야죠."

"됐어. 오래 사는 건 학생같이 예쁘고 어린 애들이 오래 살아야 지. 세상도 참 말세야. 이런 어린 애한테 왜 이런 시련을 주실까."

할머니의 말에 괜스레 미안해진다. 아픈 게 죄는 아니라지만, 나 는 사실 아픈 게 죄라는 것을 너무나 잘 알고 있다. 한국 사회에서 주변 사람한테 걱정을 끼치지 않으려면 건강해야 한다.

특히 나처럼 어린 나이라면 더욱더 건강해야만 한다.

교육이 끝나고, 병실로 돌아온 나에게 성훈이 피식 하고 웃음을 터트렸다.

"왜 웃어?"

"할머니 앞에서 착한 척 엄청 하더라?"

"착한 척?"

"어. 엄마, 아빠한테도 하지 않는 존댓말도 하고."

"비꼬지 말고 점심이나 가져와. 많이 퍼 오진 마라?"

"오케이."

점심식사를 가져온 성훈은 더 이상 다 먹으라고 말하지 않았다.

아마도 아침에 당한 게 있어서 그런 듯 했다.

나는 당당하게 맛있는 반찬만 골라먹으며 회심의 미소를 지었다.

역시 복수는 통쾌하다.

점심 식사를 반납한 성훈은 내 앞에서 쭈뼛거리며 서성거렸다.

"뭔데, 할 말 있어?"

그는 마음이 편치 않은 듯 일그러진 표정으로 말했다.

"네 심장, 내일 또 문제를 일으킬 거야."

"진짜야? 장난 아니지?"

"말했잖아. 미래를 안다고. 솔직히 말해서 증상은 점점 심해질
거야. 그래도 걱정은 하지 마. 절대 네가 죽을 일은 없으니까."

"아~ 진짜, 진짜로? 내일 언젠데?"

"자세한 시간은 나도 몰라. 내일인 건 확실해."

"어떤 근거로?"

"그냥 감이야. 그냥 아는 거야."

제대로 말해 주지 않는 성훈의 말에 솔직히 화가 좀 났지만, 한편으로는 또 다른 생각도 들었다.

"내일이면 오늘은 괜찮은 거지?"

"뭐?"

"그럼 오늘 놀러 나가자. 어차피 엄마한테 외출 허락도 받았겠다. 보호자도 있겠다. 나 지금 옷 갈아입고 밖으로 나갈래."

"보호자가 어디 있는데?"

성훈의 질문에 나는 손가락으로 그를 가리켰다.

"나?"

"너 성인이잖아."

"진심이야?"

"어. 진심인데? 얼른 외출 준비해. 간호사 언니한테는 네가 말해 줘. 그리고 옷 갈아입을 거니까 병실에 5분 동안 들어오지 말고."

"진짜 제멋대로네."

"그래도 들어줄 거잖아? 안 그래?"

"맘대로 해."

그는 결국 내 요구대로 간호사 언니들에게 외출한다며 허락을 구했다.

옷을 갈아입은 나는 병원 밖으로 나가며 말했다.

"택시 잡자."

"택시? 어디로 갈 건데?"

"로토월드."

"로토월드? 놀이공원?"

"응. 가 보고 싶었어. 중학교에 올라간 이후로 한 번도 안 가 봤으니까."

나의 말을 들은 성훈의 표정이 구겨졌다. 하지만 결국 고개를 끄덕이며 말했다.

"택시 말고 내 차 타고 가자."

"차가 있어?"

"그럼 없겠냐? 나 성인이거든?"

성훈의 차는 낡은 승용차였다. 차가 엄청 좋아 보이진 않았다.

"왜 이런 차를 모는 거야?"

"내 나이에 차가 있는 것만 해도 대단한 거야. 불평할 거면 내려."

"불평까진 아니야. 그냥 궁금해서 물어본 거야."

"진짜 어떤 의미로 대단하다 너. 얼굴에 철판을 여러 겹 깐 것 같아."

"칭찬으로 받아들일게."

로토월드에 도착한 후, 난 정말 잘 왔다고 생각했다.

병원과는 달리 밝은 음악들이 놀이공원 곳곳에서 흘러나오고, 수많은 사람들이 행복한 표정을 지으며 연인들, 가족들, 때론 친구들이 삼삼오오 모여 즐거운 시간을 보내고 있었다.

"놀이기구 타면 안 되는 거 알지?"

"왜 안 되는데?"

"너 심장병이잖아. 그러다 갑자기 쓰러지면 어쩌려고?"

"보호자가 있잖아. 그리고 어차피 증상은 내일 온다며. 오늘은 괜찮겠지."

내 논리에 성훈이 고개를 도리도리 저었다.

"알았다. 내가 널 어떻게 말리겠냐."

"그럼 바로 저거부터."

아이스링크에, 회전목마, 후룸라이드에 바이킹까지.

로토월드에는 정말 내가 꼭 해 보고 싶은 게 너무 많았다.

병원에서는 이런 건 절대 못할 거라고 생각했는데, 막상 와서 시도해 보니 모든 것은 다 할 수 있는 일이었다.

정말 모든 게 새로웠다.

아이스링크에서 스케이트를 타는 건 생각보다 발목과 발바닥이 굉장히 아팠고, 회전목마는 생각보다 앉는 부분이 딱딱해 불편했으며, 후룸라이드는 물이 너무 많이 튀어 옷이 너무 많이 젖었다.

바이킹은 내려올 때, 가슴이 너무 철렁였는데 그 공포감이 너무 생생해 당장이라도 내리고 싶은 기분이 들었다.

바이킹을 타고 나니 놀이기구보다는 맛있는 음식에 눈길이 갔다.

그래서 난 성훈을 졸라 맛있는 바비큐를 사 달라고 했다. 물론 나는 돈이 없었기에 엄연히 직장인인 성훈이 모든 비용을 지불했다.

"맛있냐?"

"응. 꿀맛."

"돌아갈 시간이야. 6시까지는 돌아가야 하는데 벌써 5시 반이야. 지금 출발해도 늦었어. 빨리 먹어."

그의 재촉하는 말에 나는 고개를 저었다.

이미 지금 돌아가도 늦었다. 외출 허락 시간을 맞출 순 없으니, 오히려 지금의 상황을 더 즐기고 싶었다.

"관람차 타자."

"무슨 관람차야. 늦었다니까?"

"관람차 타는 거 네 버킷 리스트잖아. 누가 나 때문에 그러는 줄 알아?"

나의 말에 성훈이 고개를 저으며 말했다.

"내 버킷 리스트는 여자 친구랑 관람차를 타는 거야. 그냥 관람차 타는 거 아니고."

"그럼 내가 여자 친구 해 주면 되지."

"헤어졌잖아."

"다시 만난 걸로 해."

"뭐라고?"

"다시 만난 걸로 하면 되지. 빨리 관람차 타러 가자."

"으…. 진짜."

결국 나의 주장대로 관람차를 타게 되었다.

관람차를 탈 때 즈음이 되자 휴대 전화가 계속해서 울렸다.

내 전화뿐만 아니라 성훈의 전화도 마찬가지였다.

나는 성훈을 응시하며 말했다.

"엄마, 아빠, 병원 전화야. 받지 마."

"아, 나 또 해고될지도 몰라."

"그건 내가 책임질게. 지금은 관람차에 집중해. 어차피 받는다고 일찍 들어갈 수 있는 것도 아니잖아."

내 논리에 성훈이 어쩔 수 없다는 듯 전화를 비행기 모드로 돌렸고, 나 또한 비행기 모드로 전환한 뒤, 관람차에 올랐다.

어느덧 해가 지고, 저녁이 되었다. 관람차에서 구경한 서울의 야경은 너무나 아름다웠다.

붉빛으로 가득 찬 도심의 정경이 세상 모든 생명의 소중함을 떠올리게 했다.

"타니까 좋지?"

성훈이 피식 웃으며 말했다.

"나쁘진 않네."
"하나 더 어때?"
"하나 더는 무슨 하나 더?"

나는 나도 모르게 성훈에게 먼저 얼굴을 가져다 댔다. 그러자 그의 얼굴이 매우 붉어졌다.

누가 먼저라고 할 것도 없었다. 나와 성훈은 서로의 숨소리와 지금의 분위기에 집중했다.

성훈의 버킷 리스트 55번이 실행되는 순간이었다.

사실 나 또한 첫 키스였다.

죽기 전 마지막일지도 모르는 그 신비감.

그 때문일까. 가슴 속이 아련해진다.

때마침 터지는 폭죽과 저 멀리 보이는 도심의 야경까지.

영화 속 한 장면이 따로 없다.

다행히 그 또한 지금 이 상황이 그리 싫진 않은 듯 보였다.

올라갔으면 내려도 오는 법.

관람차가 내려오며, 누가 먼저라고 할 것 없이 입술을 뗀 나와 그는 더 이상 아무 말도 하지 않았다. 무의식적으로 하고 만 키스에 나도 성훈에게 할 말이 없었고, 성훈도 나를 향해 아무 말도 하지 않았다.

관람차에서 내린 성훈은 비행기 모드를 풀었고, 곧바로 병원에 전화를 걸었다.

"아, 죄송합니다. 잠깐 외출하러 나왔는데 차가 막혀서요. 금방 돌아가겠습니다. 네네네. 죄송합니다. 정말 죄송합니다."

나 또한 엄마에게 잘못을 빌었다.

"엄마, 금방 갈게. 미안. 내가 맛있는 거 먹고 싶어서 나오자고 했는데, 이렇게 차가 막힐 줄 몰랐어. 미안. 정말 미안."

전화를 끊자, 성훈이 나를 보며 말했다.

"얼른 가자."
"응. 빨리 가야 될 것 같아."

돌아가는 동안 우리는 관람차에서 있었던 이야기는 물론, 오늘 있었던 일에 대해서도 말하지 않았다. 오히려 이제부터 어떻게 해야 될지에 대한 대책만 세울 뿐이었다.

"뭐라고 말하지? 솔직하게 말할까?"

"안 돼. 그냥 밥 먹으러 나왔다고만 말하자. 나 놀이기구 탄 거 알면 엄마랑 아빠가 엄청 화낼 거야."

"밥은 뭐 먹었다고 말할까?"

"마라탕?"

"마라탕도 안 돼. 마라탕은 너무 자극적인 음식이잖아. 만두 먹었다고 하자."

"만두, 어떤 만두? 나 만두 안 좋아해. 엄마가 의심할 거야."

"그럼 어떤 음식?"

"아, 그냥 김밥 먹었다고 해."

"무슨 김밥이야. 김밥 먹으러 이렇게 멀리까지 나왔다고 말하면 오히려 의심하겠다. 차라리 아이스크림 먹으러 갔다고 하자."

"아, 그럼 인스타 핫플이어서 갔다고 하면 되겠네. 그럼 차라리 증거 사진 찍고 가자."

"뭐? 지금?"

"3분만 들르면 되잖아. 앞에 잠깐 주차하고 주문한 다음에 바로 인증 컷만 찍고 나오면 되지."

"진짜로?"

"진짠데?"

"아- 주소 불러. 바로 찍으러 감."

내 계획에 성훈이 동참했다.

우리는 늦은 밤, 인스타 핫플로 매겨지는 아이스크림 가게에 들러 바로 아이스크림에 혀를 대며, 인증 사진을 찍었다.

우리의 우스꽝스러운 모습을 본 다른 사람들은 우리를 이상하게 생각했지만, 너무나 완벽한 계획이라고 생각했으니까 문제없었다.

하지만, 병원에 도착 후 사진에 찍힌 가게 안 조명과 찍은 사진의 세부 설정으로 들어가 찍은 시간 정보까지 본 엄마의 철저함에 나는 결국 무릎을 꿇고 말았다.

"빨리 들어오라니까, 아이스크림 가게까지 들르고 와?"

"성훈 군, 내 딸 위급할 때 도와주고 해서 그렇게 안 봤는데 많이 선을 넘네. 이건 봐줄 수가 없겠는데?"

엄마와 아빠의 성화에 나와 성훈은 손이 닳도록 빌었다.

"엄마, 미안. 속이려던 건 아니고."

"죄송합니다. 모두 제 잘못입니다."

하지만 사과에도 엄마와 아빠는 용서해 주지 않았고, 결국 성훈에게는 가차없이 벌이 내려졌다.

"자네, 미안한데 또 해고야. 난 자네를 못 믿겠네."
"아, 정말 죄송합니다."
"죄송해도 소용없어. 자네를 믿었건만 자네는 믿음을 실망으로 바꿔 놓았지. 더 이상 난 자네를 믿을 수 없네."

결국 아빠는 성훈에게 해고 통보를 했고, 나에게는 엄마의 정신 교육 시간이 배정되었다.

엄마는 밖에 나가서 무엇을 했는지 꼬치꼬치 캐물었다.

성훈이랑 나가서 어떤 것을 했으며, 무슨 말을 했고, 또 어떤 감정이었냐, 성추행 같은 건 없었냐는 등의 질문 등이었다.

나는 절대 그런 일 없었다고 말했지만 엄마는 끝까지 나를 믿어 주지 않는 눈치였다.

다행인 것은 병원은 밤 10시가 되면 불이 꺼져 보호자도 더 이상 떠들지 못한다는 것이다.

엄마와 아빠는 더 이상 자신들의 허락 없이 외출 허가를 해 주지 말라는 당부와 함께 집으로 갔고, 다시 나 혼자만의 시간이 시작되었다.

밤 10시가 넘어서자, 성훈에게 연락이 왔다.

– 괜찮냐? 어떻게 됐어?

"엄마한테 엄청 혼났지 뭐. 그래도 더 이상 크게 문제는 안 일으킬 것 같아."

– 더 이상 크게 문제가 안 일어나다니? 난 이미 해고 통보를 받았는데.

"그건 내가 내일 어떻게든 말해 볼게. 엄마나 아빠가 자기고집이 있긴 하지만, 그래도 내 말이라면 껌벅 죽거든. 시간이 지나면 아마 잘 해결할 수 있을 거야."

– 알겠어. 얼른 자. 내일 증상이 있을 거란 건 거짓말 아니니까, 밖에 나갈 생각 말고 병실에 있어. 호출 버튼 바로 누를 준비하고. 알았지?

"응. 걱정 마. 내 증상은 내가 잘 아니까."

– 그래. 일단 자고, 내일 아침 일찍 병원으로 갈게.

"응. 오늘 재밌었어."

– 나도 재밌었어.

전화를 끊은 나는 오늘 엄청 혼났음에도 로토월드에 가길 너무
나 잘했다는 생각이 들었다.

또 내일에 대한 기대감도 생겼다.

'내일도 즐거웠으면 좋겠어. 어제처럼, 오늘처럼.'

다음 날, 아침에 일어난 나는 컨디션이 어제와 상당히 다르다는
것을 깨달았다.

가슴이 쥐어짤 듯 아파 왔다.

"아… 아아…."

고통 때문에 목소리가 잘 나오지 않았다. 생존 본능 때문일까, 나
는 어제 성훈이 말한 호출 버튼이 생각났다. 그래서 바로 침대 옆

에 있는 호출 버튼을 눌렀다. 그러자 호출을 들은 간호사 언니들이 병실에 들어와 나의 상태를 보고 놀라며 물었다.

"괜찮니?"
"가슴이… 너무 아파요. 너무 아파….."
"알았어. 잠깐만 기다려."

간호사 언니는 바로 의사 선생님을 불러왔고, 의사 선생님은 나의 증상을 보고 곧바로 약물을 주사해 주었다.
어떤 약물인지는 확실하지 않았다. 고통 때문에 그것까지 기억할 만큼 정신이 온전하지 않았다.
상황이 심각한 것은 알 것 같았다. 내 손이 퉁퉁 부어 있었다. 다리 또한 평소보다 훨씬 부어 있었다.

다시 정신을 차렸을 때 나는 중환자실에 옮겨져 있었다.
그곳에서 산소마스크를 한 상태였고, 내 옆에는 엄마와 아빠가 울면서 나를 부르고 있었다.
눈을 떠 엄마를 쳐다보자, 중환자실에 들어온 엄마가 나를 향해 물었다.

"주아야. 엄마 알아보겠어?"

산소마스크를 한 상태라 말을 할 수 없는 내가 고개를 끄덕이자, 엄마가 나에게 일어난 사정을 말해 주었다.

내 심장은 잠시 멈추었었다고 한다. 그래도 다행인 게 심장이 멈추기 전 깨어난 내가 호출 버튼을 눌러 금방 조치를 할 수 있었단다. 하지만 이미 내 심장은 한계까지 와서 세 달 안에 심장 이식 수술을 받아야 한다고 한다.

담담했는데, 이런 건 당연한 거라며 완벽한 해피엔딩을 꿈꾸었던 내 눈에 눈물이 하염없이 흘러나왔다. 정말 펑펑 울고 말았다. 산소호흡기 때문에 말을 할 수 없는데도 눈물이 멈추질 않았다.

이제는 죽고 싶지 않았다. 하고 싶은 게 정말 많았음을 깨달았다.

그리고 소중한 사람에게 완벽한 해피엔딩은 내가 죽는 게 아니라 내가 건강한 채로 오래 사는 것이란 것을 깨달았다.

중환자실이라 면회는 정해진 시각에만 가능했다. 그래서 엄마와 아빠는 하루에 한 시간밖에 들어오지 못했고, 나는 나를 비롯한 환자들과 중환자실에서 3일을 보내야만 했다.

 나는 그래도 비교적 경과가 좋은 편에 속했다.

 다행히 심장이 다시 움직였고, 팔과 다리만 부었을 뿐, 다른 장기에 심각한 데미지는 오지 않았다. 그런데 내 옆에 입원해 있던 할머니는 달랐다.

 나와 같이 재활 교육을 받던 할머니의 상태는 많이 심각해 보였다.

 심장 순환이 잘 되지 않아서 그런지 호흡 곤란도 자주 일어났고, 흉통으로 인해 3일 내내 끙끙 앓으시기도 했다.

 나는 사흘 뒤 중환자실에서 나와 다시 일반 병실로 돌아왔지만, 내 걱정을 해 주던 할머니가 나보다 더 심한 증세로 병실에 누워 있는 게 계속해서 생각났다.

 일반 병실에 돌아온 나를 간호하기 위해 엄마는 직장에 사표를 냈다고 한다.

 그리고 아빠는 나에게 맞는 심장을 구하기 위해 전국 병원을 돌아다니며 기증자를 찾으러 간다고 했다.

 그런 엄마와 아빠의 지극정성에도 내 몸은 예전과 많이 다름을 느끼고 있었다.

"엄마, 나 마지막으로 지수랑 그 사람이 보고 싶어."

"마지막이라니… 그런 말 하지 마."

"죽는다는 건 아니야. 오히려 살고 싶어. 하지만 인생이란 게 혹시 모르잖아. 내 마지막 모습일지도 모르니까, 그러니까 두 사람 좀 불러 줘. 꼭 만나서 하고 싶은 이야기가 있어."

나의 말에 엄마는 지수와 성훈에게 전화를 돌렸고, 다행히 그 두 사람은 연락을 받고 병원에 즉각 달려와 주었다.

"주아야. 아프지 않아?"

"응. 지수야. 많이 괜찮아졌어."

"중환자실에 들어갔다고 해서 너무 걱정했어. 괜찮아져서 다행이야."

지수는 내가 얼마나 심각한지 잘 모르는 눈치였다. 엄마 또한 내가 곧 죽을 거란 것을 끝까지 인정하지 않을 것이고, 지수에게도 그런 상황인 것을 말하지 않은 눈치였다.

"교환 일기 못 써서 미안해. 괜찮지?"

"응. 괜찮아. 어쩔 수 없었잖아."

"기회 되면 꼭 쓸게. 지금 이 상태로는 당분간 못 쓸 것 같아."

"응. 괜찮아."

"그럼 공부 열심히 하고, 괜찮아지면 또 연락할게."

"어?"

"성훈 오빠랑 단둘이 이야기할 게 있어서, 나중에 볼 수 있을까?"

"어. 알겠어."

지수와의 대화를 끝낸 나는 성훈에게 말했다.

"덕분에 살았어. 내가 병실에서 호출 버튼을 바로 누르지 않았다면 난 지금 저세상에 가 있었을지도 몰라."

"다행이야."

"나 중환자실에서 많이 생각해 봤어. 미래의 정보를 안다고 했지? 두 번이나 맞췄잖아. 그것도 한 번은 정확하게 시간까지 맞췄고, 한 번은 내가 호출 버튼을 눌러야 된다고까지 말해 줬어. 어떻게 안 거야? 정말 미래에서 온 거야? 타임머신?"

나의 말에 성훈이 고개를 도리도리 저으며 말했다.

"그냥 알게 됐어."

"어떻게?"

"저번에 말했었잖아. 셀룰러 메모리 신드롬, 즉 세포 기억설."

"셀룰러 메모리? 세포 기억설?"

내 질문에 성훈이 담담한 듯 말했다.

"아무래도 난 장기 이식 이후 미래를 알게 되었나 봐."

"그럼 너한테 장기를 이식해 준 사람이 무당이나 예언가란 거야?"

"그럴지도, 그분에 대해서는 말해 줄 수 없어. 공여자에 대한 건 원래 비밀로 해야 하거든. 그건 이해해 줬으면 좋겠어."

성훈의 말에 나는 고개를 끄덕였다. 그리고 다음 대화를 이어 갔다.

"솔직히 내 심장은 제대로 망가진 상태야. 그건 부정할 수 없는 사실이고, 지난번에 말한 대로 심장 이식 말고는 내가 살아갈 수 있는 방법은 아마 없을 거야. 의사 선생님도 앞으로 3개월밖에 남지 않았다고 했으니까."

나의 말에 성훈이 슬픈 표정을 지었다.

그래도 난 물어볼 수밖에 없었다. 정말 그가 미래를 안다면, 나는 죽음이든, 삶이든 착실히 준비해야 했다.

난 배드엔딩보단 해피엔딩을 원했으니까.

"미래의 정보를 안다고 했지? 단도직입적으로 물을게. 나 진짜로 죽어?"

나의 질문에 성훈은 대답 대신 고개를 저었다.

"그럼? 어떻게 해야 살 수 있어?"

"심장 이식을 받아. 아마 심장 이식을 받으면 넌 살 수 있을 거야."

"그 기회가 나한테 올까?"

"그래. 분명 올 거야. 그 기회를 잡는다면, 넌 무조건 살 수 있을 거야. 그러니까 걱정하지 않아도 돼."

성훈의 말에 나는 혼자만의 결론을 도출했다.

나는 나의 증상을 예지한 성훈을 100% 신뢰하기로 했다.

그가 산다고 하면 무조건 살 수 있다. 난 심장병으로 죽지 않는다.

그래서 내가 심장병으로 죽는다는 엔딩은 내 인생에서 배제하기로 했다.

그렇게 생각하니 웃을 수 있었다.

평소의 나로 돌아갈 수 있었다.

그래서 농담도 건넬 수 있다.

"지금 내 모습 웃기지? 다리랑 손 퉁퉁 부은 것 봐. 돼지 같아. 아, 사람은 살 찔 수는 있다고 해도, 돼지는 될 수 없다고 했었나?"

"뭐?"

"너 내 남자 친구잖아. 여자 친구의 농담에 받아쳐 주는 게 남자 친구의 도리 아니야?"

"장난할 상황이야?"

성훈은 화를 내며 눈물을 흘리고 있었다. 분명 그의 눈망울엔 눈물이 가득했다.

사실 나도 울고 싶었다. 그의 말대로 심장이식을 받아 살 수만 있다면 정말 그렇게 하고 싶었다.

그래서 더 자신만만하게 말했다.

"이게 평소의 나야. 해피엔딩을 꿈꾸는 나. 내 인생에 있어 배드엔딩이란 없어. 난 이 심장병을 이겨 내고 반드시 세계 최고의 과학자가 될 거야. 그게 지금의 나에 있어 가장 완벽한 해피엔딩이니까."

그가 내 말에 울다 웃고 말았다. 눈물을 훔치면서도 어느새 웃고 있다.

"흐후… 후…."

"웃기지?"

"어느 한편으로 넌 참 대단하다는 생각이 들어. 돌아이라는 건 진작 알고 있긴 했는데, 진짜 이렇게까지 돌아이일 줄은 생각도 못했어."

"미래를 안다는 사람이 이것도 몰라서야 되겠어? 사람 마음 정도는 읽어야지. 얼른 밥을 가져와. 내 간병인이면, 나를 간병해야지."

"나 지금 간병인으로 온 거 아니거든?"

"그래서 안 하겠다는 거야?"

나의 요구에 성훈은 병원식을 들고 왔다.

맛없는 병원식이지만, 나는 심장병을 이겨 내기 위해 숟가락을 들었다.

하지만 퉁퉁 부은 손은 숟가락을 집기 어려웠고, 난 성훈에게 먹여 줄 것을 요구했다.

"오징어채 밥이랑 같이 담아 줘."

"너 오징어채 싫어하잖아."

"그래도 먹을래. 다 먹을 거야."

꾸역꾸역 입 안에 넣었다.

내 심장은 다른 사람에게 이식 받을 때까지 버틸 것이다.

만약 이식에 성공하면 6개월 뒤 즈음이면 건강했던 나로 되돌아갈 수 있을 것이다.

그 때 즈음이면 난 진짜로 성인이 된다.

그럼 난 성훈에게 지금처럼 장난처럼 사귀지 말고 정식으로 사귀자고 말할 수 있다.

서로 동등한 입장에서 서로의 생각을 이야기하고, 지금보다 더 깊이 있는 이야기를 나눌 수도 있을 것이다.

하지만 그 전에는 건강이 우선이다.

심장 이식이 될 때까지 버텨야 한다.

그래서 난 오늘도 최선을 다 한다. 하루라도 더 살기 위해.

해피엔딩을 위해.

며칠이 지나, 좋은 소식이 들려왔다.

아빠는 부산의 한 병원에서 교통사고로 뇌사 판정을 받아 식물
인간이 된 환자의 보호자로부터 장기 기증 동의를 받았고, 그 심장
이 다행히 나의 혈액형과 동일하다는 결과를 받았다.

의사 선생님은 정말 운이 좋았다며 진심으로 기뻐해 주셨고, 아
버지와 어머니 또한 내가 살 수 있다는 희망에 진심으로 기뻐해 주
셨다.

수술을 기다리는 동안 심장 정밀 검사와 혈액 검사, 소변 검사와
위장, 폐 기능 검사가 진행되었다.

다행히 모든 일이 순조롭게 이어졌다.

선생님도, 나도 우리 가족들도 모두 행복한 얼굴을 했다.

나는 매일매일 면회를 오는 성훈에게 앞으로의 계획을 말했다.

고등학교 졸업 후 미국으로 유학을 가 과학자의 길을 걸을 것이고, 일론 머스크처럼 대단한 사람이 되기 위해 모든 인생을 투자할 것이라고 말했다.

"잘 됐다. 이식 받을 수 있게 되어서."

"응. 수술까지 잘 되었으면 좋겠어. 잘 되겠지?"

"그럴 거야. 넌 충분히 수술 잘 받고 이겨낼 거야."

나의 말을 차분히 들어 주던 성훈은 무언가 모르게 슬픈 표정을 보였지만, 내 질문에는 항상 밝게 웃어 줬다. 응원도 함께였다.

난 모든 게 완벽하다고 생각했다. 내 인생에 있어 이런 행복은 다시는 오지 않을 것만 같았다. 이게 내가 원하는 내 인생의 해피 엔딩 같았다.

수술 일정이 적힌 전광판.

내 이름이 적혀 있다.

수술이 내일로 잡힌 것을 보고는 얼굴에 미소를 지었다.

팔의 붓기도 많이 가라앉았고, 다리의 붓기 또한 전에 비해 상당히 호전되었다.

"다행이다. 몸도 점점 괜찮아지는 것 같아."

그런데 너무나 완벽한 계획이 어딘가 엇나가기 시작했다.
갑자기 내 병실에 어떤 할아버지가 들어와 난동을 피웠기 때문이었다.

"여기서 이러시면 안 됩니다."
"니들이 뭐여. 돈 있으면 살고, 돈 없으면 죽어야 돼? 내 마누라는 돈 없어서 심장 이식 못 받고, 얘는 돈 있으니까 심장 이식 받는 거고 그래? 세상에 이런 법이 어디 있어! 같은 생명이잖아. 우선순위도 우리 마누라가 더 윈데, 갑자기 새치기를 하는 게 어디 있어! 어?"
"할아버지, 억측이세요."
"억측은 무슨 억측? 순서가 우리 마누라가 빠르다는데, 갑자기 저 학생으로 기증 순서가 바뀌었다는 거 다 알고 왔는데 뭐가 억측이야!"

할아버지의 성화에 병원 관계자들이 몰려와 제지했지만, 할아버지는 쉽사리 물러서지 않았다.

나는 그 할아버지가 나에게 친절을 베풀던 할머니의 남편이라는 사실을 알고 있었다.

그 할머니는 지금도 예후가 나빠 중환자실에 입원해 있다.

할머니의 혈액형도 나랑 같은 O형이므로, 심장 이식을 받게 된다면 그 할머니가 나보다 우선순위에 있는 것도 모두가 알고 있었다.

나는 병원에 있던 엄마와 아빠를 보며 물어보았다.

"아빠, 우리가 정말 새치기 한 거야? 원래는 이식받기로 한 심장, 3층 할머니가 받을 순서인 거야?"

나의 물음에 엄마가 입술을 꽉 깨물며 말했다.

"주아야. 너는 수술 받을 생각만 하면 돼. 저런 거 신경 쓸 필요 없어. 수술은 결정된 거니까, 그냥 마음 편히 받아들이면 돼."

"난 아빠한테 물었잖아. 아빠, 어떻게 된 거야?"

아빠 또한 굳은 표정으로 말했다.

"브로커를 만났어. 그래서 1억 원을 지불하는 조건으로 그 기증 자를 너로 지정한 거야. 그러니까 너는 죄책감 가지지 않아도 돼. 내가 1억 원을 지불한다고 하지 않았다면 그 기증자의 보호자들은 심장을 기증하지 않았을 거야. 그러니 저 할아버지의 주장은 처음 부터 말이 안 되는 거지. 알겠니?"

"그러니까, 원래는 심장 이식하려고 한 게 아닌데, 아빠가 돈을 준다고 했기 때문에 그 기증자의 보호자 분들이 장기 이식을 결정 했다는 거지? 맞아?"

아빠가 잠시 머뭇거리더니 고개를 끄덕였다.

"그래. 그러니까 네 잘못 없어. 나쁜 건 행패 부리는 저 할아버 지야."

"알았어. 그래도 모르니까 한 번 전화해 볼게."

"전화? 무슨 전화?"

"부산 병원이라고 했잖아. 장기 기증하기로 한 보호자 분이나 병 원하고 통화해 보고 싶어. 나도 다른 사람 대신 살고 싶진 않으니까 그건 확실히 해 두고 싶어."

나의 말에 아빠가 인상을 찡그렸다.

"주아야. 그건 좋은 생각이 아닌 것 같은데?"

"아빠, 거짓말이잖아. 저 할아버지가 한 말이 사실이니까, 연락
하지 말라는 거 아니야?"

그러자 엄마 또한 나를 설득하듯 말했다.

"엄마, 아빠 말 들어. 할머니는 이미 위험하시잖아. 이미 돌아가
셔도 진작 돌아가셨어야 될 분이야. 아마 그 할머니도 자기보다는
주아가 이식받길 원하실 거야."

엄마의 이기적인 말투에 나는 눈물을 펑펑 흘렸다.

아무리 엄마, 아빠의 말이라도, 다른 사람의 순서를 바꿔 가면서
까지 살 수는 없다.

그건 내 완벽한 해피엔딩을 망치게 만든다.

그렇게 되면 난 평생 죄책감을 가지고 살아갈 것이다. 내 꿈도

이룰 수 없을 것이다.

　수술 스케줄로 인해 금식 중이던 나는 엄마가 먹던 빵조각을 집어 입 안에 넣었다.

　그러자 엄마가 재빨리 내가 집은 빵을 빼앗으려 했지만 이미 빵은 입 안에 들어가 버린 후였다.

　"김주아!"

　억지로 빵을 다 삼킨 나는 엄마에게 통보하듯 말했다.

　"미안, 엄마. 난 그 수술 못 받아. 브로커까지 써 가면서 순서를 바꾸면 평생 죄책감에 시달리게 될 거야. 내 수술은 그 할머니 다음 순서로 할게."

　"김주아, 너 진짜, 그러다 죽어."

　"알아. 아는데, 평생 죄책감을 가지고 살 순 없잖아. 죽어도 이 방법밖에 없어. 그러니까 엄마도 아빠도 정상적인 방법으로 살아갔으면 좋겠어."

나는 또 한 번 못된 딸이 되었다.

성훈의 말대로 부모님에겐 내가 진짜 못된 악마일지도 모른다는 생각이 들었다.

내가 음식을 먹었기에 수술 일정은 뒤로 미뤄졌고, 부모님의 설득에도 불구하고, 원론적인 방법을 고집했기에 결국 아빠는 브로커에게 돈을 송금하지 않았다.

그래서 결국 그 수술은 할머니가 받기로 했다.

눈물이 나왔다.

오늘 나는 심장 이식 수술을 받기로 되어 있었다.

식물인간이 된 사람이 생전 장기 이식 수술에 동의해 주었기 때문이었다.

하지만 내 선택으로 결국 그 수술은 진행되지 않았다.

돈을 받지 못한 기증자의 가족이 결정을 번복하고, 나 대신 나보다 순서가 빠른 할머니에게 기증하기로 했기 때문이었다.

후회는 없다고 생각했지만.

살 수 있다는 희망이 절망으로 변했다는 건 인정할 수밖에 없었다.

나의 남은 기대 수명은 최대 3개월뿐이었니까.

솔직히 내가 한 결정이지만, 스스로 죽음의 길을 선택한 것이다.

정말 미련한 결정일지도 몰랐다. 그래서 그런지 눈물이 나왔다.

떳떳했지만, 모두의 기대를 저버리는 행동이기 때문이다. 왜 그랬을까. 왜 난 그래야만 했을까. 절망과 희망 속에서 난 절망을 택했다. 엄마가 통곡하며 울며 병실을 나갔고, 아빠 또한 나를 경멸하듯 쳐다보며 나갔다. 홀로 남은 나는 병실에서 펑펑 울었다.

'다 내 잘못인 거지? 다 내가 잘못한 거지?'

그 탓일까. 나도 모르게 병실을 나와 옥상 난간에 서 있었다. 옥상에서 뛰어내려 이 모든 것을 끝내고 싶었던 것이다. 그때, 성훈의 목소리가 들려왔다.

"김주아. 우나?"

"아니."

"울잖아. 질질 짜고 있는 소리가 여기까지 다 들리는데."

성훈의 말에 나는 소매로 눈물을 닦은 후 말했다.

"안 울어. 안 울었어."

그러자 성훈이 나에게 들으라는 듯 큰 목소리로 말했다.

"너 안 죽어. 내가 너 절대 안 죽게 할 거야."

"……."

그가 달려와 나를 꽉 안으며 말했다.

"지금부터 난 너에게 맞는 새로운 심장을 구하러 갈 거야. 무슨 일이 있어도 반드시 구해 올 테니까 그때까지 슬퍼하지 말고 기다려. 또 죽을 생각 말고, 알았어?"

"응. 알았어."

"내려와. 네 해피엔딩은 내가 만들어 줄 테니까. 반드시 널 살려 낼 거야. 난 너를 사랑하니까."

그 날 우리는 병실에서 많은 대화를 나눴다.

"정말? 사실은 긴 머리 좋아한다고?"

"너야말로 돈 많은 남자 좋아하는지 몰랐네."

"그거야 당연히 돈 많으면 좋으니까."

"나도 어느 정도는 있거든. 생명 보험도 들어가 있고."

서로 티격태격 하는 둘.

"생명 보험은 왜? 어차피 죽으면 줄 사람도 없다며."

"나중에 내 배우자가 생기면 줄 수도 있는 거잖아. 그게 아니면 보험금을 지금 당장 아픈 사람을 돕기 위해 쓸 수도 있는 거고."

나는 사망 보험금에 대해 아무렇지 않게 이야기하는 성훈을 나무랐다.

"그만해. 그런 농담 재미없어."

그러자 그가 주제를 바꿔 창문 밖 풍경을 보며 말했다.

"그래. 별이 예쁘다. 저기 떨어지는 거 별똥별 맞지?"

그의 말대로 별똥별이 떨어지고 있었다. 환하게, 그리고 장렬하게 불꽃을 피우고 산화하는 별똥별의 모습. 마치 내 엔딩 같아 착잡해진다.

"뭐해. 별똥별 맞잖아. 소원 빌어야지."

"어. 그러게. 얼른 소원 빌어야징."

떨어지는 별똥별을 보며 나는 억지로 씩 웃었다.

그의 앞에서 더 이상 울지 않으리라 맹세했다.

고개 숙인 두 사람, 누가 먼저라고 할 것 없이 속으로 자신의 소원을 외웠다.

나는 내 몸을 낫게 해 달라고 소원을 빌었다.

그리고 나은 뒤 성훈과 함께 할 수 있도록 도와달라고 빌었다.

"뭐라고 빌었어?"

"비밀."

"뭔데."

"네 병, 꼭 나을 수 있게 해 달라고 빌었어."

"좋아. 잘 했어."

나의 칭찬에 성훈이 미소를 지었다.

어느덧 밤 10시가 다 되어 간다.

이제는 헤어질 시간에 내가 아쉬운 표정을 짓자, 성훈 또한 쓸쓸한 표정을 지었다.

"가야 될 시간이야."

"응. 내일 올 거지?"

"……"

대답 없는 그가 눈웃음을 지었다.

"올 거지?"

"응. 올게."

"약속이야."

"그래. 약속이야."

약속을 한 그가 병실을 떠났다.

그가 떠난 빈 자리, 간호사 언니가 와서 불을 끄고, 나는 행복한 내일을 기약한 채 눈을 감았다.

다음 날, 10시가 되어서 그에게 문자가 도착했다.

강성훈(10:23) : 심장 이식 적합한 사람을 찾았어. 곧 이식 수술이 가능하다고 연락 갈 거야.

나는 성훈의 문자에 전화를 걸었지만 그는 전화를 받지 않고 문자로만 대화했다.

김주아(10:25) : 전화 왜 안 받아? 그리고 왜 문자로 해?

강성훈(10:25) : 미안, 지금 전화 받을 상황이 아니야. 나 돈이 떨어져서, 당분간 지방으로 일하러 가기로 했거든? 수술 끝나면 보자.

김주아(10:26) : 지방 어디로 가는데? 언제 보는데?

강성훈(10:27) : 수술 끝나면 모든 걸 알게 될 거야. 희망을 잃지 마. 넌 건강해지고 행복할 거야. 그럼 나중에 또 보자고.

성훈은 그 이후 다시는 연락하지 않았다.

정말 지방으로 간 건지, 아닌지는 확실치 않았다. SNS로 연락해도 답장이 없었고 전화도 받지 않았고 문자에도 답하지 않았다.

3일 뒤 수술 날짜가 잡혔고, 나에게 심장을 기증해 주는 사람이 감전 사고로 식물인간이 된 20대 남자라는 사실을 알게 되었다.

지난번에는 50대 남성이었는데, 이번에는 20대 남자의 심장을 받게 되어 오히려 저번에 수술을 하지 않은 게 더 좋은 선택이었다는 의사 선생님의 말에 엄마와 아빠가 진심으로 기뻐했고, 나 또한 할머니의 심장 이식 수술이 무사히 끝나 회복기에 들어갔다는 말에 정말 잘한 선택이라고 생각했다.

　문제는 성훈이 더 이상 연락을 받지 않는다는 것이었다.

　하지만 수술이 끝나면 보자는 말을 했었고, 항상 약속을 지켰던 성훈이기에 나는 건강해질 것이란 말을 믿고 수술대에 올랐다.

　수술은 다행히 큰 이상 없이 진행되었다.

　게다가 거부 반응이 거의 없어 너무 잘한 결정이라는 선생님의 말도 이어졌다.

　그런데 왜일까.

　가슴속에 있는 이 묘한 감정은.

　그리고 하루하루 일상생활로 회복될 때마다 가끔씩 떠올리는 누군가의 기억이 점차 선명해진다.

　나는 수술 이후에서야 나에게 심장을 기증해 준 사람이 누군지 알게 되었다.

　그것도 그 사람의 기억을 떠올릴 수 있게 되어서였다.

　성훈의 말대로였다. 장기를 이식받으면 그 사람의 기억이 떠오른다.

셀룰러 메모리 신드롬, 즉 세포 기억설은 실제 가능했던 것이다.

"너 안 죽어. 내가 너 절대 안 죽게 할 거야."

"반드시 널 살려낼 거야. 난 너를 사랑하니까."

그 사람이 소리치던 기억이 내가 한 것처럼 떠오른다.

그 사람이 했던 행동이 생각나고, 그 사람의 기억에서 내 얼굴이 떠오른다.

그래서 눈물이 나왔다.

그것도 펑펑 쏟아질 듯 이어졌다.

"주아야. 왜 울어? 갑자기 왜 그래?"

"엄마, 혹시 내 심장, 기증한 사람이 성훈 오빠야?"

"그걸…. 네가 어떻게….."

질문에 당혹스런 표정을 감추지 못하는 엄마를 보며 비로소 모든 의문이 풀려만 갔다.

나는 그의 기억에 접촉할 수 있었다.

그가 준 심장을 통해서, 그가 생전 했던 행동들과 감정들까지 고스란히 느낄 수 있었다.

나와 처음 만난 날부터 지금까지 그는 나에게 심장을 주게 되리라는 것을 처음부터 알고 있던 것이었다.

울분이 터져 나왔다.

내가 원한 해피엔딩에 이런 엔딩은 없었다.

차라리 내가 죽고 그 곁에 성훈이 있었으면 이 정도로 슬프지는 않았을 텐데.

분명 그랬을 거다.

'약속했잖아. 바보야. 강성훈! 나 다시 보기로 약속했잖아. 이렇게 떠나는 게 어디 있어. 어?'

커다란 외침에도 그는 응답하지 않는다. 이제 더 이상 나에겐 그의 심장 말고는 아무것도 남아 있지 않았다.

2장

강성훈의 이야기

병원 옥상에서 주아를 처음 만났다.

난 그녀에게 심장을 줘야만 한다.

그렇게 살아야만 하는 운명이라고 들었다.

하지만 나 또한 내 운명에 대해 모든 것을 알고 있는 것은 아니었다.

그녀를 여기에서 만날 수 있다는 것은 알고 있었지만, 이런 식이었을 줄은 꿈에도 몰랐다.

주아는 병원 옥상에서 금방이라도 목숨을 끊으려고 옥상 끝 난간에 올라 뛰어내릴 준비를 하고 있었다.

마치 인생을 포기한 사람 같았다.

지금의 주아는 내가 알던 주아와는 괴리감이 너무나 컸다.

그녀는 따뜻한 사람이었다.

항상 희망찬 사람이었다.

그런 사람이 자살이라니.

이렇게까지 어리석은 선택을 하는 사람에게 내가 심장을 주어야 된다니,

하지만 이 또한 내가 선택한 길이다.

난 이미 결심했으니까.

수백 번도 더 연습했으니까.

일부러 담백하면서도, 자극적인 어투로 주아를 자극했다.

"저기, 정말 죽을 생각이야?"

"뭐?"

"나 여기서 파노라마 사진 찍어야 되거든? 그러니까 비켜 봐. 나 사진 찍는 데 방해되거든."

이렇게 말하는 게 맞을 것이다.

기억 속에서는 분명 이렇게 말했던 것 같은데.

더 했어야 했나?

"학교 안 나왔어? 한국말 몰라? 얼른 비키라니깐?"

"뭐라고?"

다행이다. 반응이 있다. 분명 잘 먹혀들어간 것 같다.

나는 다음 연기를 위해 더욱더 주아의 마음속 트라우마를 자극하는 말투를 내뱉었다.

역시, 효과가 있다.

방금 전까지만 해도 죽을 결심을 했던 주아가 난간에서 내려와 나를 향해 똑바로 걸어오고 있다.

그다음은 어떻게 진행되더라?

기억을 떠올리려는데, 주아가 나의 핸드폰을 빼앗으려는 게 아닌가.

깜짝 놀라 몸을 돌리다 균형을 잘못 잡았다.

그래서 넘어지지 않으려 앞에 있는 주아를 잡았다.

정신을 차렸을 때는 넘어진 내 위에 주아가 있었다.

꿈에서만 보던 기억이 그대로 펼쳐지자 어이가 없어 허탈한 웃음이 흘러나왔다.

주아는 나에게 미쳤냐며 소리쳤고, 나는 그녀가 기억하는 대로 받아쳤다.

우리는 제법 서로 잘 어울리는 상대였다.

주아는 나한테 한마디도 지지 않고, 나 또한 주아한테 지지 않는다.

그런 점에서 주아랑 나는 제법 닮아 있었다.

나는 그런 주아를 골탕 먹이기 위해 수첩을 꺼내 버킷 리스트 중 하나를 그었다.

그러자 주아는 당연하게도 내 수첩을 빼앗아 내 버킷 리스트를 훔쳐보았다.

계획대로 된 것을 보며 속으로 안도의 한숨을 내쉬었다.

그러는 동안 주아랑 나의 입씨름은 계속되었다.

다행히도 주아의 어머니가 등장해서 나와 주아의 싸움도 끝이 났다.

주아가 다시 병실로 돌아가고, 홀로 남은 옥상에서 나는 오늘 임무를 마친 것에 대해 꽤나 흡족한 얼굴을 했다.

다음 날이 되었다.

내가 알고 있는 지금의 주아는 오늘도 자신만의 해피엔딩을 꿈꾸고 있을 것이다.

그것을 막지 못하면 내 인생은 끝. 주아의 인생 또한 끝이 난다.

그래서 난 그녀를 막아야 한다.

의사 선생님이 회진을 마치고 나가자, 병실 문이 살짝 열린 채 바깥을 쳐다보는 움직임이 보였다.

나는 주아의 깜찍한 탈출 계획에 미소를 띤 채 근엄한 말투로 말했다.

"어디 가는 거야?"

"네?"

주아는 꽤나 당황한 눈치였다.

나는 당황한 그녀를 더욱더 몰아붙였다.

"어디 가냐고. 내가 알기로 김주아 환자의 외출은 금지되어 있을 텐데?"

"어? 너는 어제 그 옥상?"

그녀의 반응이 꽤 귀엽다. 나를 옥상이라니.

하긴 지금의 주아는 날 기억하지 못한다.

그래서 조금은 재밌다. 항상 나를 꿰뚫어 보고 있던 그녀가 아무 것도 모른다는 얼굴이라니.

혹시 몰라 주아에게 떠보듯 물었다.

"그 옥상? 내 호칭이 그게 끝이야?"

아무 말도 없는 것을 보니, 지금의 주아는 정말로 나에 대한 기 억은 전혀 없는 것 같다.

본론으로 들어가서.

"너, 외출 안 되니까 병실로 들어가."

"네가 뭔데?"

"나? 이야기 못 들었나? 오늘부터 새로운 간병인이 온다고 전해 들었을 텐데?"

간병인이란 말에 꽤나 놀란 눈치다.

그녀는 동공을 크게 뜬 채 이게 무슨 상황인지 이해하려 애쓰다가, 결국 고개를 도리도리 저으며 말했다.

"거짓말, 못 믿겠어."

"못 믿어도 할 수 없어. 난 네 간병인이 맞으니까."

나는 씩 웃으며 내 간병사 자격증을 내밀었다.

모두 지금을 위해 딴 따끈따끈한 간병사 자격증이다.

내 간병사 자격증을 보고도 여전히 믿기지 않는 표정을 하는 주아를 또다시 압박했다.

"전임자가 너, 자주 도망갈 거니까 조심하라고 하던데, 보자마자 병실에서 도망 나갈 줄은 몰랐네."

물론 내가 지어낸 말이다.

전임자랑은 만난 적도 없다. 아~ 100퍼센트 지어낸 말은 아니구나.

기억을 떠올린 것뿐이니.

도망이란 말에, 주아가 흥분하며 말했다.

"도망 아니거든?"

"그럼 돌아가던가."

그녀는 눈치를 보며 빠져나가려 했지만, 내가 그렇게 호락호락
하게 넘어갈 사람은 아니다.

주아도 눈치 챘는지 나를 향해 큰 목소리로 말했다.

"화장실 가려고 한 거야. 빨리 비켜."

어디서 거짓말을, 난 주아가 있는 병실의 구조를 너무나 잘 알고
있다.

그래서 그런 거짓말은 통하지 않는다.

"1인 병실이라 화장실은 안에 있을 텐데?"

완벽한 논리에 주아는 곧바로 태세 전환을 했다.

"아- 진짜, 바람 좀 쐬자. 병실에만 있으면 얼마나 힘든지 알아?"

물론 난 절대 허락하지 않을 생각이다.

주아가 죽으면 내 인생도 사라지니까.

"바람은 창문만 열어도 쐴 수 있어. 더구나 간병인으로서 의사 선생님의 허락 없이 널 병실 밖으로 내보내 주는 건 내 스스로가 용납 못해. 그건 간병인으로서의 의무에 위배되는 행동이니까."

다행히 우리의 입씨름은 간호사 누나가 오는 것으로 끝이 났다.

간호사 누나와 인사를 나누고, 누나는 나에게 환자복 세탁을 맡겼다.

환자복을 세탁하고 오니, 주아가 자고 있다.

아마도 수액으로 뭔가 약물이 투약된 것 같았다.

얘가 언제 일어나더라?

안타깝게도 시간까지 정확히는 알지 못한다.

그래도 뭘 해야 되는지는 안다.

그건 교환 일기를 읽는 것.

친구 지수랑 같이 쓴 일기를 읽고, 주아가 좋아하는 것을 알아내는 것이다.

분명 깨어나는 건 오후 1시 즈음이었던 것 같은데.

아직은 시간이 있다.

오후 1시가 되었다.

몇 번이나 왔다 갔다 했지만 주아는 아직 깨어나지 않아 1분마다 문을 열고 주아가 일어났는지 확인해야만 했다.

다행히 주아는 1시 13분에 일어났다.

그런데 일어나자마자 밖으로 나오려고 하는 것이 아닌가.

그 망할 해피엔딩에 집착한다고는 알고 있었지만, 깨어나자마자 밖으로 나가려고 할 줄은 몰랐다.

"일어났어?"

"나, 막지 마. 나갈 거야."

나는 피식 웃으며 말했다.

"안 막아."

"정말?"

"대신 이거 다 먹어야 돼. 그럼 내보내 줄게."

나는 점심식사를 건넸다

그럼에도 여전히 주아는 믿지 못하는 눈치였다.

"약속할게. 다 먹으면 외출. 콜?"

두 번의 약속 끝에 그녀에게 대답을 받아 냈다.

"약속한 거다?"

"그럼, 난 한 입으로 두 말 안 해."

다행히 음식을 먹고 있다.

나도 나름 간병인으로 해야 될 일이 있다.

빨래와 식사, 그리고 청소.

물론 그 일들을 하러 온 것은 아니지만, 이건 주아의 해피엔딩을 막기 위한 꽤나 좋은 핑계거리가 된다.

주아가 먹는 음식을 살펴보니, 콩나물 편식이 있다.
그걸 보니 재밌는 장난이 생각난다.

"콩나물도 먹어야지."
"나 콩나물 원래 안 먹어. 이 정도는 봐줘도 되잖아."
"알레르기 있는 것도 아니잖아. 영양사 선생님께서 네 건강 생각해서 짠 식단이야. 남기지 말고 다 먹어."

진짜 화난 것 같다. 표정이 장난 아니다.

"아— 진짜."

그래도 질 수 없다. 어차피 결과는 알고 있으니까. 주아는 다 먹을 것이다.

"나가기 싫어?"

"다 먹을 테니까 그만 해."

결국 주아는 꾸역꾸역 다 먹었다.
나는 흡족한 얼굴을 했다.

"식판 반납하고 올 테니까 기다려."
"외출은?"
"급할 거 없잖아. 5분만 기다려."

식판을 반납하러 복도로 나온 나는 아무래도 주아를 믿을 수 없다고 생각했다.
그래서 간호사 누나에게 부탁했다.

"누나, 저 식판 반납하고 올게요. 잠깐 주아 좀 감시해 주세요."
"응. 알겠어."

식판을 반납하고 다시 돌아온 나를 향해 간호사 누나들이 말했다.

"주아, 신발 신더라. 진짜로 나가고 싶었나 봐."

"제가 잠깐 데리고 나가도 될까요?"

"어머님이 진짜 싫어하실 텐데."

"병원 밖으로 나갈 건 아니고요. 외출만 할게요. 병원 앞까지는 괜찮잖아요."

"그럴래? 아, 이거 괜찮을까?"

"주아, 쟤 불쌍하잖아요. 소원 한번 들어주죠 뭐. 외출, 눈감아 주실 거죠?"

"알았어. 대신 진짜 병원 밖으로 나가면 안 된다. 알지?"

"네. 그럼요."

누나들과 이야기를 마친 뒤 병실로 들어갔다.

주아는 퉁명스러운 표정을 하고 있었다.

탈출하려다가 실패해서 맥이 빠지는 모양이었다.

"준비됐냐?"

"무슨 준비?"

"외출. 밖에 나갈 거라고 했잖아."

나의 말에 주아가 신이 난 듯 간호사 누나를 쳐다보았다.

"언니, 정말 나가도 돼요?

"응. 대신 병원에서 먼 곳까진 안 돼. 걸어서 10분 거리까지만 허락할 거야. 그 이상은 외출 신청서 쓰고 나가야 돼. 보호자인 어머니 승인도 있어야 되고. 그건 알지?"

"네. 바로 나갈 준비할게요!"

난 교환 일기를 보며 주아가 먹는 것에 대해 굉장히 스트레스를 받고 있다는 것을 깨달았다.

기억을 통해 병원식을 정말 싫어하는 것을 어렴풋이 알고는 있었지만, 일기 내용을 보니 싫어하는 정도가 아니라 거의 혐오 수준이었던 것이다.

하긴, 병원식만 무려 4년이다.

질릴 만하다.

그래서 난 오늘 주아에게 치킨을 먹일 것이다.

미리 주문을 넣어 두었던 치킨을 받아 오며 주아에게 물었다.

"먹을 거지?"

"먹을 거냐고 묻잖아. 시켰는데 안 먹을 거야?"

후후, 침이 고인 듯하다. 이거 맛있다. 네가 안 먹고 배길 거냐?

"하지만, 그거 먹으면 혼나는데…."

아직 이성이 남아 있는 것 같다. 혼나는 것이 신경 쓰이다니.

진짜로 먹고 싶은 거야? 아니면 먹기 싫은 거야?

난 퉁명스럽게 말했다.

"먹을 거야? 안 먹을 거야? 안 먹으면 버리고."

"먹을 거야."

결국 먹는다는 말을 내뱉었다.

나는 얼굴에 미소가 절로 걸렸다.

"응. 제일 맛있는 거 시켰어."

주아는 치킨을 먹으며 인생 희로애락의 한 장면을 연출했다.

입꼬리는 볼 끝까지 올라갔고, 눈썹은 반달 모양이 된 채, 이마

끝까지 올렸다.

입 안의 혀는 쉼 없이 움직였고, 크게 뜨인 눈으로 치킨만을 응

시했다.

　치킨을 먹는 모습을 보며, 미리 옮겨 적어 둔 교환 일기에서 치킨 먹고 싶다는 내용에 밑줄을 그었다.

　그러자 치킨을 먹으면서도 주아가 나를 째려보았다.

　나는 더 이상의 말씨름 대신 주아에게 다른 것을 보여 주고 싶었다.

　주아가 또 하고 싶었던 것.

　바로 영화를 보는 일이다.

　하필이면 시간대가 안 좋았다.

　미스터리 스릴러 영화라니.

　그럼에도 주아는 꽤나 기대하는 눈치였다.

　물론 입 밖으로는 불만이 가득했지만, 표정만큼은 그렇지 않았다.

　모든 게 신기해서, 시선을 한 곳에 두질 않을 정도였다.

　다만 영화는 잘못 선택한 게 맞았다.

　아직 학생인데 스릴러 영화라 그런가, 중간 중간 무서웠는지 눈물을 흘렸다.

사실 영화가 걱정대로 무섭기도 했고, 반전이 상당히 난해하기
도 했다.

눈물을 닦는 주아를 향해 물었다.

"울었냐?"

"조금."

"이런 걸 보고 뭘 우냐. 일어서. 휠체어 탈 때까지 부축해 줄게."

벌써 해가 많이 기울었다.

시간이 왜 이렇게 빨리 가는 걸까?

주아는 정말로 오늘 만족했을까? 행복했을까?

많은 생각이 들었다.

내 생각을 읽었을까? 주아가 뒤돌아보며 물었다.

"병원으로 돌아가는 거지?"

"응. 이제 시간 다 됐어. 더 이상 놀다간 간호사 누나한테 들킬
거야."

"그럴지도."

횡단보도 신호등이 녹색으로 변했다.

조금은 아쉬웠다. 치킨 먹고, 영화 본 것밖에 없는데.

생각보다 시간이 빨리 흘러갔다.

첫날과는 달리 그녀와의 관계도 제법 개선됐다는 생각이 들었다.

그녀는 날 잘 모르지만, 난 그녀를 잘 안다.

그리고 난 그녀의 모르던 모습도 발견했다.

내가 아는 주아와 달리, 어린 주아는 제법 귀여운 면이 있다.

그래서일까.

오늘은 알차게 보낸 것 같다.

병실에 도착하자, 주아가 휠체어에서 일어났다.

"부축해 줄까?"

"아니, 괜찮아. 혼자 일어설 수 있어."

"휠체어는 접어서 정리해 둘게."

침대에 올라간 주아에게 난 할 말이 있었다.

"저기 오늘 있었던 일은 간호사 누나하고 부모님한테 비밀이야. 그 정도는 해 줄 수 있지?"

"응."

"그럼 저녁 가지고 올게."

"응."

저녁을 가져오는 일로 오늘 일은 마지막이다.

나는 저녁만큼은 주아에게 강요하지 않자고 결심했다.

그런데 그 말을 꺼내기도 전에 주아네 엄마의 취조가 시작되었다.

"학생이 우리 주아 간병사예요?"

"네. 전임자 대신 왔습니다. 보름만 제가 맡기로 했어요."

"몇 살이에요?"

"스물셋입니다."

"요즘에는 이렇게 어린 학생도 간병인을 해요?"

주아네 엄마는 내가 탐탁지 않은 모양이다.

예상은 했지만, 직접 겪으니 마음이 불편하다.

나는 내 속내를 밝혔다.

"드물지만, 없진 않습니다. 아~ 물론 제가 특이한 케이스긴 합니다. 제가 예전에 만성 신부전증을 앓았었거든요. 그때 간병해 주신 분이 생각나서, 저도 그분처럼 간병인이 필요한 환자분들에게 도움이 되는 사람이 되고 싶었거든요."

하지만 주아네 엄마는 나에 대해 이해는 못하는 표정으로 일관했다.

"아…."

그렇다면, 더 이상의 이야기는 진행하지 않는다.
어차피 내 인생의 마지막에 주아네 엄마는 크게 중요치 않으니까.

"환자식은 여기다 놓고 가겠습니다. 저는 이제 근무 시간이 끝나서 이만 돌아갈까 하는데, 괜찮을까요?"

주아네 엄마가 고개를 끄덕이는 것을 끝으로 난 병실에서 나왔다.
허무하지만 오늘 내가 해야 될 일은 끝났다.
내 인생의 마지막이 다가오지만, 그래도 후회는 없다.

이미 끝났어야 할 인생이 연장된 것이니까.

후회하지는 않을 것이다.

다음 날 나는 바로 병원 옥상으로 올라갔다.

비가 주룩주룩 내리고 있다.

오늘도 주아는 비가 내리는지도 모른 채, 자신의 해피엔딩을 꿈꾸며 옥상에 올라온다.

사실 병실로 가도 주아의 해피엔딩은 막을 수 있었다.

왜냐하면 오늘은 해피엔딩이 불가능한 날씨니까.

하지만 병실에서 마주치는 패턴은 재미가 없다.

그래서 옥상에서 미리 주아를 기다리고 있는 것이다.

또각또각.

누군가가 옥상으로 올라온다.

나는 피식 웃다가 표정을 감춘 채 말했다.

"오늘도 뛰어내릴 생각이야?"

"……."

꽤나 당황한 눈치다. 그것도 그럴 게, 설마 옥상 입구에서 기다릴 줄은 상상도 못했을 거다.

나는 다시 한번 물었다.

"간병인이 묻잖아. 뛰어내릴 생각이냐고."

그녀는 꽤나 화난 표정을 지었다.

"그렇다면?"

"그럼 이리 와. 문 열어 줄게."

"뭐?"

"네가 죽고 싶다면, 말리지 않을게. 어제처럼 내가 사진 찍을 것도 아니니까, 네 계획대로 해도 상관없어."

소나기가 내리는 것을 본 주아의 표정은 가관이었다.

확실히 순진하다. 해피엔딩이라니. 완벽한 죽음이란 게 있을 수가 있나?

그런 끝맺음을 꿈꾸는 것이 잘못된 거다.

나는 이유를 알고 있기에 웃음이 절로 나왔다.

"왜?"

"……."

"안 죽으려면 내려가. 선생님 회진 시간 다 됐으니까."

주아는 꽤나 분한 눈치다.

"으…."

하지만 그럼에도 화는 내지 않았다.

해피엔딩을 막은 건 소나기니까. 소나기는 완벽함을 추구하는 주아에겐 걸맞지 않은 죽음이다.

그러니 그녀는 스스로 분노를 삼킨 것이다.

병실에 돌아오니, 의사가 회진을 돌았다.

"어제는 투약량을 줄여 봤는데 어때요? 참을 만했나요? 부정맥이 심해지진 않았죠?"

"네. 괜찮았던 것 같아요."

의사 선생님과 간호사의 사무적인 말투는 여전한 것 같다.

내가 신부전증으로 고생할 때도 의사 선생님과 간호사들은 항상 저래 왔다.

익숙하면서도 익숙지 않은 그 대화.

과연 주아는 어떻게 생각할까?

"괜찮아?"

"뭐가?"

"네 심장, 고장 나 있잖아. 약물 치료 받으면 괜찮아지나 해서."

주아는 거기에 대해 별 생각이 없는 것 같았다.

"솔직히 괜찮아지는지는 모르겠어. 하지만 방법이 없잖아? 내가 전문 지식이 있는 것도 아니고. 의사 선생님이 시키는 대로 해야지."

나는 그런 주아의 말에 허탈한 웃음을 터트렸다.

보통 자기 증상에 대해서는 의사보다도 더 공부하는 법이다.

자신의 생명과 직결되어 있기 때문이다.

그런데 시키는 대로 한다고?

"자기 몸에 관한 건데 모르다니, 그 정도 공부는 해야 되는 거 아니야?"

"공부는 충분히 했어. 어떤 말인지도 알고."

다행히 생각이 없는 건 아닌 것 같다.

하긴, 죽음에 관한 것인데, 모를 리가 없다.

"근데?"

"심장은 생각보다 복잡해. 특히 내 심장은 태어날 때부터 비대하면서도, 판막 모양이 남들과 다르게 태어났대. 그래서 부정맥도 있어서 가끔 쓰러지기도 하는 거야. 내 병에 대해 아예 모르는 게 아니라, 아직 완치될 수 있는 병이 아니라서 모르겠다고 말한 거야."

난 씩 웃었다.

과연 주아다. 내가 알던 주아의 모습 그대로다. 그녀는 항상 당돌했다.

멋진 여성이었다. 그런 모습이 이 어린 모습에서 나타나니, 나도 모르게 미소가 번진다.

"왜 웃는데?"

"방법이 전혀 없는 건 아니잖아. 심장 이식 수술, 수술을 받으면 완치될 수도 있지."

"쉽게 말하지 마. 심장 이식 수술은 누구나 받을 수 있는 게 아니야. 면역학적 검사도 일치해야 되고, 혈액형도 맞아야 하고, 주려는 사람도 살아 있는 상태여야 돼."

"그래서 안 받겠다는 거야?"

"그건 아니지만…."

"아니지만?"

"나에게 심장을 주면, 그 사람은 죽잖아. 그건 너무 슬픈 일이야."

생명에 관한 윤리에 대해서도 가치관이 제대로 잡혀 있는 것 같다.

역시 올바른 사람.

나는 주아가 어렸을 때부터 저런 가치관을 가지고 있다는 것에 대해 꽤나 흥미가 생겼다.

"하지만 그 사람은 자신의 장기를 기증함에 따라 죽어서도 다른 사람들의 생명을 살릴 수 있어. 나 또한 다른 사람의 신장을 받았기에 만성 신부전증을 가지고 있었음에도 이렇게 멀쩡히 살아 있는 거고."

나는 그녀의 가치관을 좀 더 면밀히 알고 싶었다.
하지만, 주아는 오히려 깜짝 놀랄 만한 질문을 던졌다.

"공여자가 누군지 알아?"

당황스러웠다.
공여자에 대해 묻다니.
솔직히 주아가 모든 것을 알고 있나 의심이 들기도 했다.
하지만 그런 눈치는 아니었다. 공여자가 누군지 알고 있었다면
그녀는 이런 질문을 하지 않았을 것이다.

"응."
"가족이야?"

역시나, 주아는 나에게 신장을 누가 줬는지 모르고 있다.
하긴 그녀에겐 세포 기억이 없다. 아직 이식 받은 장기가 없으니
까, 나처럼 다른 사람의 기억을 읽을 수 없다.

"아니, 난 가족 없어."

"없다니?"

"교통사고로 초등학교 때 두 분 다 돌아가셨어. 그래서 가족은 나뿐이지."

내 대답에 주아가 측은한 표정을 했다.

호오, 저런 표정도 가능하다니, 이건 좀 의외다.

"왜? 슬퍼?"

"아니… 슬프다면 슬픈 건데, 왜 아무렇지 않게 행동해?"

"그거야 당연히 아무렇지 않으니까. 이미 오래 지난 일이고."

더 이상의 이야기는 진행되지 않았다.

간호사 누나가 주사를 놓아 줄 시간이기 때문이었다.

약을 줄여서일까.

주아랑 나는 오후 1시가 되면 만난다.

어제에 이어 오늘로 두 번째다.

어제와 달리 오늘은 푹 잔 듯했다.

얼굴에 눌린 자국이 있다.

나는 병원식을 가져오며 음식이 맛없다고 전했고, 주아는 실망한 눈치였다.

물론 난 별도의 간식을 가져왔다.

치킨에 이어 두 번째다. 이건 안 먹고 못 배길 걸?

"핫도그?"

"어?"

"핫도그네. 맞지?"

내가 몰래 가져온 음식을 너무 쉽게 맞춘 주아가 조금은 미웠다.

이렇게 쉽게 맞추는 건 원하지 않았다.

"정답 맞췄으니까, 밥 다 먹으면 핫도그 줄게."

"꼭 밥 다 먹어야 돼? 그냥 주면 안 돼?"

결국 다 먹었다.

싫어하는 나박김치까지.

병원식을 다 먹었으니, 약속대로 핫도그 시식 시간이다.

주아의 반응은 애매했다.

그녀는 핫도그에 대해 특이하게 표현했다.

맛있으면서도 맛있지 않다고.

"더 맛있는 핫도그도 많아. 홍대 근처에 가면 마라핫도그를 파는데, 그게 진짜 맛있지."

"마라? 그 마라탕에 넣는 마라? 호불호 엄청 갈릴 것 같은데?"

역시 맛있는 음식 앞에서는 표정이 한결같다.

핫도그를 먹은 뒤, 나는 어제처럼 주아랑 외출을 나갔다.

어제 외출을 한 번 해 봐서 그런가. 간호사 누나들도 몰래 눈감아 주는 눈치다.

엘리베이터를 타고 내려오자, 갑자기 주아가 내 손을 잡았다.

나는 순간 깜짝 놀라 시선을 돌리자, 주아가 환한 웃음을 짓고 있었다.

"나갈까?"

"아… 손은 왜?"

"이 정도는 들어주려고. 너도 어제 나한테 영화 보여 줬으니까."

병원 밖으로 나가자, 내가 대답하고 싶지 않던 질문을 던졌다.

"어제 궁금했는데, 못 물어봤어. 신장은 누구한테 받은 거야?
가족?"

"아니."

"그럼 모르는 사람? 기증?"

"그것도 아니야."

"그럼 뭔데?"

내 신장을 너한테 받은 것이라고 하면 믿지 않을 것이다.

지금의 주아는 현재까지의 정보만 알고 있다. 그러니 내가 미래
의 주아로부터 신장을 받았다고 하면 절대 믿지 않을 것이다.

그래서 말할 수 없다. 절대, 절대절대.

"조그만 게 자꾸 오빠한테 반말이네. 너 나랑 몇 살 차이 나는지

알아?"

"다섯 살."

"그럼 기본적으로 존댓말 해야 되는 거 아니야?"

"난 그렇게 하기 싫은데?"

결국 티격태격으로 마무리다.

아무리 물어봐도 난 내 신장 공여자에 대해서는 절대 말하지 않을 것이다.

그게 나의 신념이고, 약속이다.

나에게 신장을 준 너. 내 생명을 연장시킨 미래의 너에 대한 보답은 반드시 하고 말 테니까.

오늘은 조금 즐거운 날이 될 것 같다.

지금의 주아에게 미래의 일을 설명하러 가는 날이기 때문이다.

물론 주아는 알아차리지 못할 것이다.

하지만 나중에 시간이 지나면 자연스럽게 알게 될 것이다.

그게 우리의 시작이라는 것을.

그리고 우리의 마지막일 수도 있다는 것을.

나는 타임머신이 떨어진 장소인 공원 안쪽으로 주아를 데려갔다.

그곳은 관계자 외 출입 금지라고 적혀 있어서 공원임에도 인적이 없었다.

[주의 : 운석이 떨어진 지점]

- 이곳은 관계자 외 일반인의 출입을 금합니다.

팻말을 본 주아가 나를 보며 물었다.

"운석?"

"응. 너도 알지? 5년 전 그 서울 하늘을 빛냈던 소행성. 그 파편이 떨어진 곳이 여기야."

"그렇구나. 사진으로는 봤는데, 실제로는 처음 봐. 이렇게 병원하고 가까운지 몰랐어."

주아는 나의 말을 곧이곧대로 믿으며 운석을 찾았다.

하긴 팻말에도 그렇게 쓰여 있었으니, 믿는 게 당연했다.

하지만 언젠가 알게 될 일이니, 미리 좀 말해 줘야 할 것 같다.

그래야 나중에 주아가 여기로 왔을 때, 우리가 한 이야기들을 기억할 테니까.

"사실 떨어진 건 운석이 아니라는 이야기가 있어."

"운석이 아니라고? 그럼 뭔데?"

"응. 넷상에 떠도는 이야기로는 UFO나, 그게 아니면 타임머신이라는 소리도 있지."

"킥. 말도 안 돼. UFO는 몰라도, 타임머신이 왜 있어."

"그러니까 떠도는 이야기지. 근데 난 말이지. 여기가 좋아."

나의 속마음에 주아가 물었다.

"왜?"

"운석이 떨어진 날이 내가 병원에서 시한부 선고를 받은 날이었거든. 그것도 6개월."

"아…."

주아는 내 말의 의미를 이해하지 못했는지 고개를 갸웃거리더니, 혼자만의 결론을 내려 버린 듯했다.

"그래도 이제 죽지 않잖아. 신장 이식도 받았으니까."

난 신장 이식을 말하고 싶었던 게 아니다.

미래에 네가 나를 만났을 때를 대비해서 건넨 말이다.

그때는 내가 한 말의 의미를 온전히 해석할 수 있을 테니까.

하긴, 지금은 주아가 내 말에 담긴 중의적인 표현을 알아차릴 수가 없겠지.

그러니 넘어갈 수밖에.

"그렇지? 너도 얼른 심장 이식 받았으면 좋겠다. 나처럼 오래 살았으면 좋겠어."

나의 말에 주아의 생각이 복잡해진 것 같다.

혼자만의 상념에 빠져 넋이 빠진 얼굴이다.

하지만 아무리 생각해도 넌 내 생각을 읽을 수 없다.

이건 미래를 알고 있는 나만의 특권이니까.

"마라탕 먹어 볼래?"

마라탕 가게는 생각보다 한산했다.

아무래도 오후 2시가 넘었으니, 시간대가 시간대라 점심 손님이 거의 없는 한가한 시간인 듯 했다.

　나는 주아와 마라탕을 먹었다.
　마라 특유의 알싸함과 매콤함에 주아는 땀을 뻘뻘 흘렸다.
　사실은 오늘 너무 많이 먹어 배부른데, 그럼에도 맛있다며 킥킥
대며 웃었고, 나 또한 함께 웃었다

　우리는 마라탕을 다 먹은 뒤 근처를 걸었다.
　주아는 자신이 이렇게 많이 먹을 줄은 몰랐다며 웃어댔다.

"너도 마라탕 엄청 좋아하지?"

　사실 난 마라탕을 좋아하지 않았다.
　신장을 이식받기 전까지는….
　하지만 신장을 이식받고는 마라탕이 좋아졌다. 불편했던 알싸함
과 매콤함이 지금은 맛있다고 느껴진다.
　그래서 이렇게 대답했는지 모른다.

"원래는 안 좋아했는데, 지금은 바뀐 것 같아."

"그게 무슨 말이야?"

"말하자면 복잡한데…."

나는 잠시 고민하다 진실의 일부를 말했다.

세포 기억설과 셀룰러 메모리 신드롬.

그건 나와 주아를 연결하는 원리 같은 것이었다.

내가 주아를 기억하고, 주아가 나를 기억하는 마법 같은 현상.

우리는 세포로 연결되어 있었다.

미래의 세포가 과거의 세포가 되어 우리 사이를 연결해 주고, 과거의 세포가 미래의 희망을 개척한다.

그래서 주아의 완벽한 해피엔딩과 나의 완벽한 마무리를 가능케 한다.

하지만 지금의 주아에겐 믿기 힘든 이야기였다.

완전히 속을 뻔했다며 웃는 주아에게 더 해 줄 말은 없었다.

나를 빤히 쳐다보고 있다.

그 시선이 고개를 돌리고 있어도 느껴졌다. 이대로 가다간 어색함이 계속된다.

때마침 미술관이 보인다.

"저기 들어갈래?"

"우와, 미술관, 꼭 와 보고 싶었는데."

주아는 가 보고 싶음에도 자신의 복장이 걸리는 듯 했다.

용기를 내라며 아무도 신경 쓰지 않을 거라고 말하자 주아도 용기를 끌어올렸다.

미술관에서 작품들에 대해 해석해 주었다.

내 해석에 대해 주아는 상당한 관심을 가졌고, 그런 관심에 나는 하나라도 더 알려 주려고 애썼다. 사실 미술에 대한 관심은 다 주아 때문이다.

미래의 주아는 월등한 식견과 사고방식을 가지고 있다.

상류 사회에 속한 그녀에게 미술은 어떻게 보면 교양 중 하나였고, 그런 지식과 재능이 일부 나에게 전달되었다.

그러니 주아는 만족할 수밖에 없었다.

미술품에 대한 나의 지식은 모두 주아가 미래에서 습득한 것들이다.

그녀가 평소 생각하던 바를 그대로 전달했으니, 아직 어린 주아라도 미술품을 보는 감각이나 생각이 크게 다르지 않을 거리 생각은 했는데, 이렇게 공감해 줄 줄이야.

역시 유전자는 훌륭하다.

미술관 관람이 끝나고, 난 주아를 뻔히 쳐다보았다.

이렇게 쳐다보면 지금 주아가 어떤 것을 물어볼지 알고 있다.

아마 내일에 대해 물을 것이다.

여기서 오지 않는다고 말해야 전화번호를 준다는 것도 알고 있다.

"혹시 내일도 와?"

내일이라, 주아를 기쁘게 하는 대답은 응이란 대답일 것이다.

하지만 긍정의 대답은 정해진 미래를 불안정하게 만든다.

그래서 난 내가 아는 미래를 도출하기 위해 내가 알고 있는 대로
말해야 했다.

"내일은 주말이잖아. 내일은 출근 안 해. 집에서 쉴 거야."

"그럼 번호 알려 줘."

나는 이렇게 나올 줄 알면서도 다시 물어보았다. 번호를 알려 달

라는 주아의 말이 조금은 귀엽게 다가왔기 때문이었다.

"번호?"
"휴대 전화 번호."

내가 전화번호를 주자, 옅은 미소를 지어 보인 주아는 바로 저장한 뒤 나에게 전화를 걸었다.

"심심하면 연락할게."

병실에 돌아가 난 저녁 식사를 가져왔다.
오늘 맛있는 것을 먹은 탓일까. 주아는 토라진 표정으로 나에게 요구했다.

"먹어 줄 거지?"

나도 배부른 것은 마찬가지라 서로 반반 먹기로 합의를 했다. 서로 할당량을 다 채워 갈 즈음, 하필이면 주아네 어머님이 타이밍 좋게 병실로 들어오셨다.

"오늘 우리 주아, 별일 없었죠?"

음식물이 입 안에 들어가 대답할 수 없는데, 집요하게 물어보시는 어머님.

"별일 없었죠?"

그래도 나이스 타이밍이다.

나는 얼른 음식물을 넘긴 뒤 임기응변으로 대답했다.

아마, 5초만 더 빨리 오셨어도 내가 주아의 저녁을 대신 먹은 것을 들켰을 것이다.

그랬으면 모든 계획은 틀어졌을 수도 있다.

아직 안도는 이르다.

어머님의 질문 공세가 있을 수도 있다. 그래서 지금은 빠져야 할 때다.

주아네 어머님은 예측이 불가능한 사람이니깐.

"어머님. 주말은 쉬고 다음 주 월요일에 출근하겠습니다."

벌써 4일차다.

　난 오늘이 주아랑 나에게 굉장히 중요한 날이란 것을 알고 있다.

　주아의 증세가 다시 악화되는 날이기 때문이다.

　항상 담담했다고 생각했는데, 오늘은 마음이 그 어느 때보다 복잡했다.

　어떻게 보면 나와 너무 비슷한 삶을 사는 주아의 인생.

　삶의 마지막까지 비슷한 고민을 하고, 비슷한 운명을 살게 될 그녀에게 내심 나의 짐을 짊어지게 하는 것 같아 마음이 씁쓸하다.

　전화를 거니, 주아가 아닌 친구 지수가 받아 버렸다.

　나는 지수에게는 말 할 수 없어 문자로 보내겠다고 말하곤 전화를 끊어 버렸다.

　그리고 고민을 거듭하다 주아의 증상이 다시 나타나는 시각까지 정확히 문자에 적어 두었다.

　[2024년 4월 13일 토요일 오후 3시 26분. 넌 부정맥 발작으로 인해

의식을 잃게 될 거야. 의식을 잃지 않도록 간호사 누나한테 미리 말해 둬. 그래도 너무 걱정은 하지 마. 오늘만 견디면 당분간은 아프지 않을 테니까.]

보내기 버튼을 누르는 순간, 갑자기 휴대 전화의 화면이 나갔다.

무슨 운명의 장난도 아니고, 그 타이밍에 휴대 전화가 고장 난 것이다.

'이건 예상에 없었는데.'

난 분명 미래의 기억을 떠올릴 수 있다. 하지만 그건 어디까지나 주아의 기억이다. 내 기억은 아니었다.

그래서 이 타이밍에 휴대 전화가 고장나리라고는 예상치 못했다.

'보내졌겠지? 보내진 거겠지?'

난 머저리다. 주아의 전화번호를 따로 저장해 뒀어야 했는데.

이래서야 문자가 보내졌는지 보내지지 않았는지 알 수가 없다.

나는 PC를 켜서 SNS로 해당 내용을 보내려고 했다.

하지만 PC로 접속한 SNS는 본인 인증을 위해 휴대 전화에 보낸 인증 번호를 입력하라고 나온다.

젠장. 지금 할 일은 당장 휴대 전화를 고치는 일이다.

토요일이라 서비스 센터도 빨리 닫는다. 지금 당장 움직여야만 한다.

서비스 센터에서는 화면 수리에 5일이 걸린다고 했다.

나는 엔지니어 분께 최대한 빨리 해 달라고 사정했다. 오늘이 아니면 안 된다고 사정하자, 엔지니어는 뭐가 그리 급하냐고 물었고, 나는 주아랑 반드시 연락해야 된다고 말했다.

엔지니어는 나의 말에 호탕한 웃음을 지었다.

그러면서 자기도 젊었을 적에는 사랑에 목을 맬 정도로 진심이었다는 말과 함께 응원한다며, 지금 바로 예비 부품이 있는지 확인하고 고쳐 주신다고 했다.

다행히 오늘 방문 예약한 손님 중 한 분이 취소해 예비 부품이 하나 남았기에 화면을 바로 교체했다.

운이 좋았다며, 그 사랑 꼭 이루어질 거라는 엔지니어의 말에 내심 기분이 좋았다.

나는 서비스 센터에서 나오며, 바로 보낸 메시지를 확인했다.

다행이었다.

주아는 문자를 읽었다.

그런데 답장이 없다.

왜? 내 말을 못 믿은 걸까? 믿어 줘야 하는데.

진짜로 증상이 나타날 텐데.

뭔가 불안하다.

그러고 보니 오후 3시다.

시간이 이렇게 되었나?

수리 센터에서 시간을 너무 많이 보내 버렸다.

나는 곧바로 병원으로 가는 택시를 잡았다.

그런데 길이 너무 막혔다. 주말이라 외곽으로 나들이를 가는 가족들이 많아서 그런지 차가 평소보다 더 막히는 듯했다.

몇 번의 시도 끝에 주아가 전화를 받았다.

– 여보세요?

나는 반가운 목소리에 바로 본론부터 말했다.

"너 간호사 누나한테 말했어? 지금 어디야?"
– 저 주아 친구 지수인데요.

이런, 지금 급한데 친구가 받다니.

"주아 간병인인 강성훈이라고 합니다. 주아 좀 바꿔 주시죠."

나는 바로 주아를 찾았다. 하지만 지수는 주아를 바꿔 주기는커녕, 필요도 없는 자기 이야기를 하려고 한다.

– 주아 지금 옆에 없어요. 조금 이따 올 거예요. 그것보다 말씀드릴 게 있어요.

한시가 급한 나는 병원 택시 요금을 계산하며 말했다.

"급한 건가요? 급한 거 아니면 가서 말하죠. 지금 병원 입구 거의
다 와 갑니다."

 - 아니요. 병원으로 오시지 마시고요. 앞으로 주아한테 따로 연
락하지 않으셨으면 좋겠어요.

"그건 모르겠고, 지금 어디입니까."

이게 무슨 황당한 상황인가. 나는 지수의 말을 간단히 무시했다.

택시에서 내린 나는 병원 정문에 주아의 휠체어를 밀고 있는 학
생을 포착하고 바로 되물었다.

"간호사 분께 말씀은 드린 거죠? 의사 선생님께는 말씀드렸나
요? 아~ 지금 병원 입구에서 빈 휠체어 앞에서 전화하시는 분 맞
죠?"

나는 맞다는 말에 바로 전화를 끊고, 휠체어 주변에서 전화를 받
는 지수에게 헐레벌떡 뛰어가 주아를 찾았다.

"아, 말씀 많이 들었습니다. 강성훈입니다."

'아, 주아 간병인이구나.'

"주아는 지금 어디에 있습니까?"

그러자 지수는 불편한 기색을 숨기지 않았다.

"저기요. 장난이 너무 심하신 거 아니에요?"

"네? 장난이요?"

뭔가 단단히 오해한 것 같았다.

나는 시계를 바라보며 불안함을 느꼈다.

벌써 3시 25분이었다. 주아가 쓰러지기까지 고작 1분밖에 남지

않은 것이다.

핸드폰을 고치지 말고 병원으로 곧장 왔어야 했다.

적어도 내 말은 믿어 줄 줄 알았는데.

이렇게 된 입장에서 방법은 하나다. 정면 돌파.

"말했잖아요. 3시 26분에 부정맥이 올 거라고. 지금 3시 25분입니

다. 그쪽하고 이야기할 시간 없습니다! 빨리 안내해요! 급합니다."

강한 어조가 통한 것일까.

지수는 화장실로 안내했고, 난 화장실에서 쓰러진 주아를 발견할 수 있었다.

응급실에서 대기하는 동안 나는 생각하고 또 생각했다.

절대 주아가 죽는 일은 없을 거라고.

주아가 죽으면 안 된다고.

처음에는 그녀에게 연민의 감정을 느꼈다.

운명의 상대라고도 생각했다.

어쩌면 운명 공동체일지도 모른다고, 우리는 원래 이런 운명이니까 당연히 이래야 되는 거라고 스스로의 결론을 내고 있었다.

하지만 오늘 일을 통해 난 내 감정을 확실히 이해하고 있었다.

나는 주아가 죽는 모습을 보고 싶지 않았다.

주아가 행복하게 살아가는 모습이, 내 기억 속에 담긴 주아의 미래가 현실이 되길 간절히 원하고 있었다.

신장 이식 후, 내 인생의 절반은 주아라는 사람의 몫이었다.

어딜 가나 주아의 기억이 나에게 영향을 주었다.

미술품에 대한 관심과 조예.

갑자기 마라탕을 좋아하게 된 것.

게다가 삶에 대한 자세의 변화까지도 모두 주아에게 신장을 받은 이후의 일이다.

그만큼 나는 주아에게 많은 영향을 받았다.

그래서 오늘에서야 알 수 있었다.

나라는 사람은 모두 주아로부터 비롯되었다는 것을.

그래서 내 인생의 0순위는 바로 주아라는 사실을.

응급실에 있는 주아를 발견한 주아네 부모님이 나를 째려보았다.

"자네는….."

"당신은 왜 그런 문자를 왜 보내 가지고, 사람을 이렇게 놀라게 하는 거야? 우리 주아 어떻게 할 거야? 잘못되면 어떻게 할 거야?"

마치 나에게 모든 잘못이 있다는 표정이었다.

하지만 그게 기분 나쁘지는 않았다.

지금은 주아가 쓰러졌음에도 버텨 주었다는 사실 그 자체만으로도 위안이 되었다.

"놀라게 해서 죄송합니다. 제 문자 때문에 주아가 많이 놀란 것 같습니다. 정말 죄송합니다."

"자네, 다시는 우리 주아 앞에 나타나지 마."

"죄송합니다. 정말 죄송합니다."

"죄송할 것 없어. 다시는 안 볼 사이니까."

월요일이 되었다.

기분이 묘하다.

마치 꿈을 꾼 기분이다.

토요일 저녁에는 내 휴대 전화에 해고 통보가 도착해 있었다.

비정규직인 간병사의 해고는 원래 자유롭다.

그래도 이런 식으로 문자 통보라니, 기분이 썩 좋진 않았다.

하지만 어제는 주아 어머님에게 복직해 달라는 전화를 받았다.

- 성훈 씨, 미안해. 내일부터 다시 나와 줄 수 있어? 우리 주아가 어제부터 말을 안 하네. 화가 많이 난 것 같아.

"……."

- 나와서 우리 주아하고 이야기도 좀 나눠요. 나이도 비슷하니까, 말도 잘 통할 거 아니야. 응? 그렇게 해 줘요. 네?

이런 감정은 오랜만이었다.

알고 있는 미래가 펼쳐지는데도, 썩 유쾌하지가 않다.

그건 아마도 나와 주아가 서로의 시작과 끝을 향해 달려가고 있기 때문일지도 모른다.

출근하는 길에 주아로부터 전화를 받았다.

"여보세요?"

저기, 할 말이 있는데.

"어, 만나서 이야기하자."

뭐?

"지금 출근 중이야. 방금 해고당한 거 철회됐다고 연락 받았어. 병실 바로 앞이니까 가서 이야기하자."

주아는 내가 복직된 사실을 몰랐던 모양이다. 꽤나 놀란 눈치다.

나는 자연스럽게 출근 후, 창문을 열고 청소를 했다.

그런 나를 유심히 쳐다보는 주아를 향해 장난 섞인 말도 주저 없이 말했다.

"주말에 꽤나 사고를 쳤더라?"

"무슨 사고?"

"침묵시위 했다며. 너희 엄마가 나한테 직접 전화해서 엄청 사과를 하더라. 아무래도 나 때문에 네가 화난 것 같다며, 잘 말해 달라고 하시던데?"

"너 때문에 화난 거 아니야."

"아니면 말고. 하지만 말이야. 쓰러졌다고 모든 게 끝난 건 아니야. 그렇다고 마음의 문까지 닫아 버리면 진짜로 죽어 버릴 걸? 하지만 넌 그럴 그릇이 못 돼. 아직 미성년자라 미성숙하니까."

나의 말에 주아는 미성년자가 아니라며 오히려 나를 몰아붙였다.

한마디도 하지 않는다고 했던 주아의 모습은 어디에도 없었다. 평소의 주아 모습 그대로였다.

"침묵시위는 끝난 거지?"

나는 어머님께 전화를 드리고, 바로 주아의 치료를 위해 작업 치료실을 향했다.

다행히 치료에 열심히 임하는 모습이다.

나는 저번 주와 달리 삶에 대한 의지를 다지는 주아의 모습을 멀리서 지켜보며 스스로 뿌듯해졌다.

나로 인해 바뀐 주아의 모습.

나도 저런 적이 있었던 것 같은데.

뭔가 거울에 비친 나의 예전 시절을 보는 느낌이다.

치료가 끝나고 편의점에 들른 나에게 주아가 물었다.

"넌 내가 쓰러지는 시간까지 정확히 알고 있었어. 우연이라고 하기엔 너무 정확해. 지금 말해 줘. 어떻게 안 거야?"

나는 잠시 고민하다, 이제 때가 되었음을 깨달았다.
이제는 주아와 나의 마지막이 다가왔으니까.

"난 미래의 정보를 알고 있어. 그래서 네가 심장병으로 죽지 않을 거란 것을 알아. 네가 옥상에서 뛰어내리지 않을 거란 것도 알고 있었고."

지금까지의 성훈의 기억을 읽은 나는 눈물을 흘렸다.

"주아야. 괜찮아?"
"미안."

내 곁을 지키던 지수가 나의 눈물에 위로의 말을 건넸다.

"이제 다 괜찮아질 거야. 왜 울어. 마음 아프게."

"나, 그 사람 못 잊을 것 같아."

"누구?"

"성훈 오빠. 그 사람의 기억이 자꾸 흘러들어 와."

주아는 자신의 곁을 지수가 지키고 있음에도 자꾸자꾸 성훈이 떠올라 가슴이 아팠다.

그와 같이 있던 시간은 겨우 1주일 남짓이지만, 그의 심장과 기억은 완벽히 가슴속에 자리 잡아 버렸다.

지수는 나의 말을 믿지 못하는 표정이었다. 하지만 사실이었다.

그가 느꼈던 감정, 그리고 기억 등이 나도 모르게 떠오르고 있었다.

"장기 이식을 받으면, 그 사람의 기억이나 습관 등을 따라 하게 된대. 그 현상을 세포 기억설이라고 하는데, 지금 난 그 사람의 기억과 감정, 그리고 나와 함께 있었던 모든 시간들이 떠올라. 떠올리고 싶지 않아도 계속해서 떠올라."

"그럼 너한테 심장을 기증해 준 사람이 그 성훈 오빠란 소리야? 그게 사실이면 넌, 그리고 나는⋯."

지수의 물음에 나는 대답 대신 고개를 끄덕였다.

지수도 나의 말을 듣고 울먹이고 있었다.

지수 또한 성훈과의 인연이 없진 않았으니, 그의 죽음에 진심으로 슬퍼하는 것이다.

"말이 안 되지?"

"응. 믿기지가 않아. 어떻게 그 오빠가 너한테⋯⋯."

지수는 울먹이고 있었다. 나 또한 비슷한 감정을 느끼고 있었다.

믿기지 않지만 이건 현실이었다.

하지만 이후의 기억도 계속해서 떠올랐다.

나에겐 행복했던 감정이 오빠에겐 이렇게 슬픈 일이었다니. 믿을 수가 없었다.

그럼에도 오빠의 기억이 계속해서 머릿속에서 재생되기 시작했다.

주아의 심장은 내일 또 멈춘다.

앞으로의 증상은 더욱더 나빠질 거고.

그 말을 전하자, 주아는 오히려 웃으며 오늘 놀러 나가자고 했다.

내일 멈추게 된다면 오늘은 괜찮은 것 아니냐며 웃음을 짓는 주아를 보니, 마치 그 사람을 보는 것만 같아 마음이 아팠다.

주아랑 나는 로토월드로 놀러 가기로 결정했다.

결정은 순식간에 이루어졌다.

나는 주아의 말에 내 운전 실력을 보여 주기로 결심했다.

사실 지금의 주아는 나에 대해 잘 모른다. 내가 어떤 사람인지도 잘 모른다.

내 심장을 받게 되면 자연히 내가 어떤 사람인지 알게 되겠지만, 그 전에 나의 본 모습에 대해 보여 주고 싶었다.

사실 난 가정 형편이 좋은 편이 아니다.

그저 그런 원룸에 중고차 하나만 가지고 있을 뿐이다.

　　하지만 그게 온전한 나의 모습이다. 그래서 오늘은 멋진 모습보다는 있는 그대로의 모습을 보여 주고 싶었다.

　　내 미숙한 운전 실력에도 주아는 아무 말도 하지 않았다.

　　오히려 자동차를 타고 시내를 주행하는 것에 굉장히 신이 나 있었다.

　　그런 감정은 테마파크에 와서도 마찬가지였다.

　　아이스링크에서 스케이트를 타며 발목이 아프다고 투덜거리면서도, 한 시간을 다 채워야 한다며 굳이 한 바퀴를 또 돌았고, 회전목마는 꼭 마차에 타야 한다며, 순번을 두 번이나 양보하면서까지 마차에 올랐다.

　　후룸라이드는 가장 앞 좌석에, 바이킹은 가장 뒷좌석을 타는 것을 보니, 공포나 스릴을 즐기는 성격 같았다.

　　"저거 먹자. 먹어 보고 싶어."

　　"먹고 싶으면 먹지. 왜 나한테 말해?"

　　"나 돈 없어. 네가 사 줘야 돼."

4만 4천 원짜리 바비큐 세트를 천연덕스럽게 가리키며 웃는 주아의 표정에 나는 어이없다는 표정으로 카드를 꺼냈다.

시간이 참 빠르게 흘러갔다.

이제 돌아갈 시간이었다.

하지만 내가 기억하는 대로, 주아는 관람차를 타자고 말했다.

나는 관람차를 타면 무슨 일이 벌어지는지 알고 있다.

주아는 과연 지금 무슨 생각을 하고 있을까?

관람차에서 나하고 키스를 하게 될 것을 알고 타자는 걸까?

거기까지는 떠오르지 않는다.

때마침 전화가 울렸다.

주아네 부모님의 전화였다.

병원 복귀 시간이 한참 지났으니 걱정하실 만한데, 주아는 받으면 관람차를 타지 못할 것 같다며, 전화를 받지 말라고 했다.

관람차에 탄 나는 주아를 빤히 쳐다보았다.

주아는 로토월드 주변의 서울 야경이 너무나 마음에 드는 모양이었다.

그런 모습을 보며 나는 뿌듯한 표정으로 주아를 응시했다.

그때, 주아가 갑자기 내 얼굴 앞에 자신의 얼굴을 가져다댔다.

나는 기억으로만 존재하는 관람차에서의 키스를 무의식적으로 하고 말았다.

그건 주아도 마찬가지였다.

기억이 현실이 되는 순간이었다.

우리는 서로의 숨소리에, 서로의 표정에 집중했다.

누가 먼저랄 것도 없었다. 우리는 같은 마음이었다.

1분이 한 시간 같았다.

그 찰나의 순간에 주아에 관련된 모든 기억들이 내 머릿속을 파노라마처럼 스쳐 지나갔다.

그리고 그 파노라마 같은 장면이 이제는 막바지에 이르렀음을 알게 되었다.

돌아가는 길, 나는 주아에게 아무 말도 하지 않았다.

주아는 첫 키스로 인해 어색해서 그럴지 모르겠지만, 나는 그런 이유가 아니었다.

이제 주아와 같이 지낼 수 있는 시간이 거의 다 끝나 가고 있었다.

다음 날, 미래의 정보대로 주아는 또다시 쓰러지고 말았다.

이번에는 증세가 심각해 중환자실에 입원했다고 한다.

중환자실은 보호자 말고는 출입할 수 없다.

그래서 난 주아를 볼 수 없었다. 그 사실에 마음이 아팠다.

3일 뒤, 쓰러졌던 주아는 증세가 호전되어 일반 병실로 돌아왔다.

나는 연락을 받고 바로 주아를 찾았다. 그 자리는 주아의 친구인 지수와 함께였다.

다행히 주아는 내가 말한 대로 호출 버튼을 눌러 빨리 대응할 수 있었다고 했다.

그 말을 하지 않았다면 지금 이렇게 또 보지 못했을 수도 있었 겠지.

정말 다행이었다.

주아는 나와 따로 이야기하고 싶다며 지수를 보냈다.

"미래의 정보를 안다고 했지? 단도직입적으로 물을게. 나 진짜로 죽어?"

주아의 질문에 나는 고개를 저었다.
주아의 선택지는 두 개가 있다.

첫 번째 방법은 부산에 있는 식물인간 환자의 심장을 이식받는 것이다.
하지만, 주아는 첫 번째 방법은 선택하지 않을 것이다.
그 사람의 심장은 원래 주아가 아니라 다른 사람이 이식받을 순서이기 때문이다.

만약 그 심장을 받게 된다면 나는 죽지 않아도 될지 모른다.
하지만 그건 주아의 수술이 성공적일지 아닐지 장담하지 못한다는 말도 된다.
그 미래는 나도 모르는 미래이기 때문이었다.

두 번째 방법은 내 심장을 이식하는 것이다.
이건 내가 알고 있는 미래다.

그래서 주아는 내 심장을 이식받으면 100% 생존할 수 있다.

"그럼? 어떻게 해야 살 수 있어?"

주아의 질문에 나는 원론적인 대답을 했다.

"심장 이식을 받아. 아마 심장 이식을 받으면 넌 살 수 있을 거야."
"그 기회가 나한테 올까?"
"그래. 분명 올 거야. 그 기회를 잡는다면, 넌 무조건 살 수 있을
거야. 그러니까 걱정하지 않아도 돼."
 하지만 주아는 절대 그렇지 않을 것이라는 것을 안다.
주아는 내 심장을 받을 거니까.
그래야만 미래에 나에게 와서 신장을 줄 테니까.

난 주아에 대해 모든 것을 알고 있었다.
하지만 주아가 이번만큼은 내 심장이 아닌 다른 사람의 심장을
이식받았으면 하는 마음도 있었다.
'무슨 생각을 하는 거야. 결심했잖아. 넌 이미 결심했잖아. 내 심
장을 주는 거로.'

죽는다는 두려움이 무엇인지 알고 있다.

나 또한 수년 전 신장병에 의해 죽음을 기다리고 있었으니까.

하지만 또 다시 찾아온 죽음에 대한 두려움이 나와 주아를 가로
막고 있다.

이대로 주아가 다른 사람의 심장을 받는다면 모든 것이 해결될
텐데.

이 생각이 멈추지 않는다.

하지만 주아는 절대 그러지 않을 것이다.

그녀 같이 착한 마음씨를 가진 사람이 남의 순서를 빼앗는 짓은
절대 하지 않을 거니까.

나는 그런 주아를 만나기 위해 병실을 찾았다.

지금 그 누구보다도 슬픈 사람은 주아 본인일 테니까.

도착한 병실.

나는 환하게 웃으며 말했다.

"주아야. 들어가도 돼?"

평소와 달리 아무 대답 없는 병실.

나는 잠시 머뭇거리다 안으로 들어가자, 아무도 없는 병실을 보며 깨닫고 말았다.

"김주아! 김주아!"

"성훈아, 왜 그래?"

내 목소리에 간호사 누나들이 병실로 들어왔다.

그리고 텅빈 병실을 보더니 깜짝 놀라며 말했다.

"주아 없어? 화장실에도 없어?"

바보, 멍청이.

나는 간호사 누나의 말을 계기로 주아가 지금 어디에 있는지 깨달았다.

주아가 있을 장소는 단 한 곳.

병원 옥상 뿐이니까.

"제가 찾아올게요. 어디에 있는지 알아요."

나는 병실 문 밖을 박차고 나가며 곧바로 그녀가 있는 곳을 향했다.

병실 옥상에 올라가니, 난간 앞에서 머뭇거리는 주아를 발견했다.

멍청이, 바보.

다른 사람이 걱정하는 건 신경 안 써?

내가 걱정하는 건 생각 안 해?

"흐… 흐흐으으윽."

난간 앞, 흐느끼는 소리가 여기까지 들려왔다.

나는 최대한 담담한 표정을 지으며 말했다.

"김주아 우냐?"

"아니."

하지만 그녀는 확실히 울고 있다. 그녀가 울던 이 감정은 내 가슴 속에 정확히 새겨져 있으니까.

그녀와 나는 떼어낼 수 없는 한 몸이니까.

"울잖아. 질질 짜고 있는 소리가 여기까지 다 들리는데."

나는 울지 않았다는 주아의 말에 그녀가 듣고 싶은 말을 큰소리로 외쳤다.

"너, 안 죽어. 내가 너 절대 안 죽게 할 거야."
– …….
"지금부터 난 너에게 맞는 새로운 심장을 구하러 갈 거야. 무슨 일이 있어도, 반드시 구해 올 테니까."

나는 울컥하는 감정을 삼킨 채, 다시 한번 큰 목소리로 나의 진심을 전했다.

"그때까지 슬퍼하지 말고 기다려. 또 죽을 생각 말고, 알았어?"
"응. 알았어."
"내려와. 네 해피엔딩은 내가 만들어 줄 테니까. 반드시 널 살려낼 거야. 난 너를 사랑하니까."

나는 주아를 세차게 끌어안았다.

주아 또한 내 말에 마음을 열고 내 허리를 감쌌다.

그러자 주아도 나의 마음을 알아주었다.

나는 일순간 모든 것이 정지된 듯한 느낌을 받았다.

주아의 감정, 주아의 통증, 주아의 생각들이 마치 소용돌이처럼 내 감정과 합쳐지고 있었다.

주아가 죽으면 내 인생도 끝난다.

주아는 나의 종점이면서, 또 다른 시작점이기도 했다.

그래서 난 주아가 죽는 것을 지켜볼 수 없었다.

사실은 살고 싶다.

주아가 내 심장이 아닌 기증된 심장을 받았으면 했다.

분명 방금 전까지만 해도 고민했었다.

하지만 이번 포옹으로 나는 내 감정을 확실히 알았다.

주아가 내 심장을 받아서 내 몫까지 더 열심히 살아 줬으면 한다고.

그녀가 나 대신 살아 주었으면 좋겠다고.

솔직히 죽음에 대해서 깊게 고민했다고 했지만, 이제까지 결론을 낼 순 없었다.

하지만 이제는 다르다.

"살고 싶어. 나, 죽고 싶지 않아."

"알아. 나도 너랑 같이 살고 싶어. 끝까지, 평생."

"미안해. 정말 미안해."

"괜찮아. 넌 최선을 다한 거야 주아야. 이제 내려가자."

"응."

나와 주아는 꽤 축복받은 관계였다.

주아는 나에게 신장을 주었고, 나는 그로 인해 연장된 삶을 충분히 살고, 어린 주아에게 내 심장을 건넨다.

내 기억은 잊히지 않고, 주아와 함께 영원히 살아가고, 나 또한 죽는 날까지 주아의 기억과 함께한다.

우리는 끝없이 연결된 존재였다.

누가 시작이었을까.

과연 주아였을까. 나였을까.

그건 중요하지 않았다.

난 결심했다.

나는 주아에게 반드시 내 건강한 심장을 건네야만 했다.

난 너에게 심장을 주러 갈 것이다.

그건 처음부터 정해져 있던 것이었다.

나는 주아와 마지막 대화를 시작했다.

주아는 나의 모르던 것을 알게 되었다며 즐거워 해주었다.

그러며 자신에 대해 궁금한 점은 없냐며 물었다.

하지만 나는 주아의 모든 것을 알고 있었다.

그런 느낌이 들었다.

그렇게 우리는 밤 10시까지 병실에서 서로에 대한 이야기를 나눴다.

다음 날이 되었다.

난 주아의 새로운 시작을 위해, 내가 해야 될 일들을 하기 시작했다.

문자 메시지 예약하기. 주아를 위한 선물 보내 놓기. 보험금 수령자를 주아로 바꾸어 놓기.

모든 일을 끝내자, 내 앞에 변압기가 있었다.

어느 허름한 공사장의 낡은 변압기.

이곳이 나의 마지막 생이었다.

여기서 한 발자국만 더 걸어가면, 감전 사고를 당해 죽는다.

나는 왜 내가 감전 사고로 죽어야 되는지 잘 몰랐다. 단지 이식된 신장에 새겨진 기억으로부터 알게 되었을 뿐이었다.

하지만 죽기 직전에야 왜 내가 변압기를 만져 죽어야 되는지 머릿속으로 이해가 되었다.

교통사고는 선의의 피해자를 야기한다.

내가 죽음을 선택함으로 인해, 누군가에게 피해를 주고 만다.

하지만 이런 감전 사고는 상대적으로 누군가의 책임으로 보기 어렵다.

즉, 피해자를 만들지 않는 죽음을 만들어 낼 수 있다.

몇 번이나 시행착오를 한 끝에 가장 안전한 심장이식 방법으로 변압기를 만지는 것을 택한 것이다.

나와 주아는 도대체 이런 삶을 몇 번이나 반복하고 있었던 걸까?

몇 번째 나부터 감전 사고로 죽기 시작한 걸까?

나는 그에 대한 기억을 떠올릴 수 없다. 진짜 모르기 때문이다.

그래서 이게 몇 번째 반복되고 있는지도 나는 알지 못한다.

하지만, 나와 주아는 기억도 나지 않을 만큼 이런 삶을 반복하고 있었을 것 같았다.

한 달도 안 되는 이 만남을 위해 수십 번, 아니 수백 번도 더 같은 행동을 반복하고 있었는지 모른다.

우리는 이 짧은 만남을 위해 기억도 나지 않을 만큼 영원히 윤회하고 있었을 것 같았다.

나는 더 이상 후회하지 않았다.

주아랑 나는 다시 만나게 된다.

나는 주아의 일부분이 될 것이다.

미래의 주아와 과거의 나.

그리고 현재의 나와 지금의 주아.

이어지는 영원한 삶이 다시 한번 반복될 뿐.

그러니 더 이상 고민은 없었다.

"주아야. 행복해야 돼."

주저 없이 손을 앞으로 뻗은 나의 손이 오래된 폐건물의 변압기를 만지자, 펑 소리와 함께 커다란 폭발이 일어났다.

3장

이터널 러브, 이터널 라이프

99%

2019년의 어느 날이었다.

서울 상공이 밝은 빛으로 가득해졌다.

어떤 사람은 운석이라고 했고, 어떤 사람은 혜성이 떨어졌다고 했고, 또 어떤 사람은 전쟁이 났다고 했다.

우연히도 난 당시에 병원 옥상에 있었기에 그 빛이 어디서 시작하고 어디서 끝이 났는지 볼 수 있었다. 휴대 전화도 가지고 있었기에 그 영상을 온전히 촬영할 수 있었다.

우주에서 시작한 빛은 바로 서울 중심으로 내려와 내가 입원한 병원 근처에 있는 공원에서 사라졌다.

내가 입원한 병원은 서울 강남 한복판에 있는 콘티넨털 병원이었다.

병원 옥상에서는 주변 경치가 다 보였는데, 그 공원도 내가 보이는 시야 아래에 있었다.

그때, 간호사 누나가 내 이름을 불렀다.

"성훈아. 여기 있었구나."

"아, 네."

"내가 병실에 있으라고 했잖아. 또 옥상에 올라와서 쓸데없는 짓
하고 있지?"

"네. 내려갈게요."

"빨리 내려와."

나는 만성 신부전증을 앓고 있다.

신장이 망가져 하루에도 몇 시간씩 기계로 투석을 해 노폐물을
제거하는 치료를 받아야 한다.

원래라면 신장이 모든 노폐물을 제거해야 되는데 그걸 기계가
대신 해 주는 것이다.

이 치료는 상당한 돈이 든다. 근데 난 건강 보험의 혜택을 받아
무상 치료의 혜택을 받을 수 있었다.

그렇지 않았다면 이렇게 비싼 콘티넨털 병원에서의 치료는 상
상도 하지 못했을 것이다.

하지만 그것도 이제는 끝을 맺어야겠다고 생각했다.

삶이 너무나도 행복하지 않았다.

하루에도 몇 시간씩 혈액의 노폐물을 제거하기 위해 투석 치료를 받다 보면, 내가 치료를 위해 사는 건지, 살기 위해 치료를 하는 건지 구분이 되지 않았다.

더구나 나는 가족도 없었다. 어릴 때 부모님이 돌아가신 이후 줄곧 보호 시설에 의존해 살았다. 그래서 그런지 병이 걸린 이후, 왜 이런 몸으로 살아야 하는지 왜 이런 삶을 지속해야 되는지에 대한 합당한 이유를 찾지 못했다.

그래서 옥상에 올라올 때마다 항상 내 인생의 끝을 생각하게 되었다.

어떻게 하면 가장 좋은 마무리를 할 수 있을까? 내 인생은 언제 끝내는 게 좋을까?

그렇게 생각하고 생각한 후 결심한 게 바로 오늘이었다.

난 오늘 병원의 옥상에서 뛰어내릴 생각이었다. 그러나 변수가 있었다.

바로 상공을 가득 메운 밝은 빛이 나의 시선을 빼앗아 버린 탓이었다.

　나는 간호사 누나의 말에 병실로 돌아와 누웠다.

　투석한 지 시간이 좀 지나서 그런지 몸의 피로가 잘 회복되지 않았다.

　'내일은 죽자. 내일은, 오늘은 실패했으니, 내일은 반드시, 이 희망 없는 인생을 끝내 보는 거야.'

　그렇게 생각하니 웃음이 나왔다.

　잠을 자고 일어난 나는 나의 이름을 부르는 간병인의 목소리에 깜짝 놀랐다.

　"성훈이?"

　"누구?"

　"누구라니, 네 간병인이지."

　"간병인이요?"

　"그래. 국가에서 지원하는 간병사."

　"어? 그런 게 있었나요?"

나는 간병인 누나의 말에 크게 의심하지 않았다. 어차피 오늘 죽을 거고, 나를 기억하는 사람은 없을 것이기 때문이었다.

그게 내 인생의 마무리였다. 하지만 그 간병인은 나를 죽게 내버려 두지 않았다.

옥상까지 쫓아와 나를 향해 훈계하듯 말했다.

"죽으려는 거야?"

"네. 그렇다면요?"

"살 수 있는 방법이 있는데도?"

"어떻게 사는데요?"

"내가 너에게 신장을 준다면?"

"뭐라고요? 신장을 준다고요?"

"신장을 주면, 넌 죽지 않을 수 있어?"

"음, 그것까진 생각 안 해 봤는데."

"생각해 보고 말해 줘. 네가 죽는다면 굳이 말리지는 않겠지만, 죽지 않겠다면 난 네게 신장 하나 정도는 줄 수 있어."

간병인 누나의 말투가 재밌었다. 그렇다고 딱히 내 스타일은 아니다. 하지만 신장을 준다는 말에 호기심이 생기긴 했다.

"진짜 줄 거예요?"

"그래. 하나 정도는 줄 수 있어. 신장은 원래 두 개니까."

"좋아요. 그럼 신장을 주면, 나도 누나 소원 하나 들어줄게요. 물론 신장도 저한테 적합해야겠지만요."

누나의 신장은 놀랍게도 나에게 적합했다.

가족도 아닌데 이런 우연이라니.

"왜 이렇게까지 하는 거예요?"

"해 주고 싶으니까."

"해 주고 싶다고 장기를 주는 사람이 어디 있어요?"

"곧 알게 될 거야. 장기를 받는 사람은 그 사람의 기억을 읽을 수 있거든."

"에이~ 말도 안 돼."

수술 당일까지도 난 정말로 신장을 공여받을 줄은 꿈에도 몰랐다.

나랑 같은 증상을 가진 환자들의 이야기를 들어 보면 가족끼리도 신장을 주는 걸 꺼린다는데, 이 누나는 일면식도 없는 나에게 선뜻 신장을 건넸다.

하지만 누나의 말대로다.

난 수술 이후 누나의 기억을 읽을 수 있었다.

이 누나가 누군지, 어디에서 왔는지 서서히 떠올릴 수 있게 되었다.

"말도 안 돼. 이게 사실이야?"

누나는 미래에서 왔다. 그것도 타임머신을 타고서, 나를 만나기 위해 과거로 왔다.

"누나. 뭐예요?"

"뭐가?"

"나 다 알아요. 누나, 미래에서 왔잖아요. 저 때문에, 저를 살리기 위해서요."

"역시 기억나는 거니?"

"네. 모든 게 선명하게 기억나는 건 아니지만, 누나의 기억일 거라고 생각해요. 왜냐하면 누나의 신장을 이식 받은 이후, 거기서 제 모습도 보였거든요. 지금의 저는 아니지만요."

누나의 이름은 김주아였다. 그녀는 나에게 심장을 이식받아 미래에 가장 뛰어난 과학자 중 하나가 되었다. 그녀는 그런 능력을 인정받아, 미국에서 비밀리에 개발 중인 타임머신 프로젝트에 참여할 수 있었고, 마침 개발을 마친 타임머신을 타고 과거의 대한민국으로 오게 된 것이다.

나는 누나가 얼마나 치열하게 살아왔는지 알고 있었다.

그녀의 마음속에 깊이 잠들어 있는 슬픔 또한 알고 있었다.

"내 기억을 알게 됐다면, 대화가 편하겠네."

"제가 어떤 말을 할 줄 알고요?"

"고백할 거잖아. 근데 난 찰 거거든. 아직 어린 너랑은 안 되지!"

들키고 말았다. 오늘 고백하려고 한 건데.

나는 날 죽음으로부터 구원해 준 누나를 어느덧 사랑하고 말았다.

간병인으로서, 그리고 신장을 준 기증자로서의, 그리고 누나와 나 사이에 일어날 4년 뒤의 기억까지 알게 된 지금에 있어서, 나에게는 누나가 내 인생의 전부고, 모든 것이었다.

"말도 안 돼. 누나는 제가 좋아서 과거로 온 거잖아요. 맞잖아요."

누나는 나의 마음을 인정했다.

"인정! 분명 나도 널 좋아했어. 그래. 사랑했을지도 몰라."

누나의 말에 나 또한 나의 생각을 조심히 전달했다.

"그랬겠죠. 그랬으니까 과거로 와 저에게 신장을 주셨겠죠. 그리고 전 심장병으로 병원에 입원해 있는 어렸을 적의 누나에게 심장을 줘야 하는 운명이니까요. 맞죠? 우리는 영원히 이어져 있으니까요."

누나와 나의 인생은 뫼비우스의 띠와 같다.

누가 먼저 시작했는지, 어디부터가 시작점이고 어디부터가 끝인지 도저히 구분이 가지 않는다.

나는 누나의 신장을 이식받은 이후, 누나가 태어났을 때부터 서른여섯이 된 지금까지의 기억을 떠올릴 수 있고, 누나는 나의 심장을 이식받았던 때 이후 어렸을 때부터 나의 스물 셋까지의 기억을 떠올릴 수 있으니까.

닭과 계란이 뭐가 먼저인지 알 수 없듯이, 나와 누나 또한 그런 존재와 같았다.

"그래. 너와 나는 영원히 이어져 있어. 하지만 그 끝은 네가 네 손으로 이루어 줬으면 해. 넌 나에게 심장을 주지 말고, 너의 인생을 살면 좋겠어."

"제 인생을 살라고요? 전 살아갈 의지조차 없던 사람인데요. 가족도 없고요. 저에겐 누나가 전부예요."

"그렇다고 나에게 심장을 줄 것까진 없잖아. 그건 너에게 있어 너무나 불행한 인생일 거야."

"그런 건 제가 결정해요. 그러니 제 인생에 대한 결정에 대해 왈가왈부하지 않았으면 좋겠어요."

나의 말에 누나가 웃었다.

"여전하네. 그 성격 어디 안 가."

"누나도요. 누나도 어릴 적이나 지금이나 똑같네요."

"야! 너는 내 인생에 대해 말할 게 못 되지. 넌 기억으로나 떠올리는 거잖아. 난 실제로 널 만났던 거고."

"그거나 이거나 마찬가지거든요. 그리고 전 슬프지 않아요. 원래 죽을 운명이었어요. 누나 생각만큼 그렇게 슬퍼하는 감정도 없는 사람이고요. 4년이나 더 살 수 있다면, 생명의 은인인 누나에게 심장 정도는 줄 수 있어요."

"그렇지 않아. 그걸 선택하는 넌 분명히 슬퍼할 거야. 너의 미래 기억을 아는 내가 너보다 더 잘 알아. 그러니까 네가 이 순환의 고리를 끊어야 돼."

"저도 누나가 태어났을 때부터 서른여섯 될 때까지의 감정을 떠올린 수 있거든요? 누나는 저에게 신장을 주기까지 한 번두 행복하지 않았어요. 과거로 와서 나한테 신장을 준 그 시점까지도요. 누나는 그만큼 절 사랑해서 여기까지 온 거 아닌가요? 절 살리고 싶었으니까 모든 것을 걸고, 여기까지 달려온 것 아닌가요?"

내 질문에 누나가 옅은 웃음을 지었다.

저 웃음의 의미는 뭘까?

난 누나의 기억을 알고 있다.

누나는 스물셋의 나를 진심으로 사랑했다.

사랑한 나머지, 오로지 나를 위해 타임머신 개발에 모든 인생을 걸었다.

그런 기억이 이식된 심장으로부터 전해지고 있다.

하지만, 지금의 누나는 나를 인정하지 않는다.

마치 나의 말을 예상이나 한 듯한 표정을 지으며 말했다.

"내가 널 사랑한다고? 정말 그럴 것 같아?"

"아닌가요?"

"분명 네가 내 감정을 잘 떠올리는 건 맞아. 하지만 내가 사랑한 건 스물셋의 너야. 열아홉인 지금의 네가 아니고."

누나의 말에 반박할 수 없었다.

"제가 누나를 좋아하게 됐다고 해도요? 제가 누나한테 모든 인생을 바쳐도요?"

"그래."

"싫다면요? 전 누나 쫓아다닐 건데요. 누나랑 결혼하겠다고 하면요?"

내 고집에 누나가 피식 웃었다.

"따라와. 보여 줄 게 있어."

나는 누나가 이끄는 곳으로 향했다.

날씨가 어둑어둑해지고 있다. 누나는 나를 데리고 공원 안쪽으로 향했다.

누나가 나를 데려간 곳은 출입 통제 구역이었다.

어두컴컴한 공원에서 움푹 파인 곳을 가리키며 말했다.

"여기가 어딘지 알지? 기억 나?"

"네. 제가 어린 시절의 누나를 데려온 곳 같네요."

"그럼 여기를 왜 데려왔는지도 떠올릴 수 있겠네."

누나가 손가락을 튕기자, 움푹 팬 구덩이 위에 타임머신이 나타났다.

투명화되어 안 보이던 건 아니었다.

분명 커다란 진동과 함께 공간의 일그러짐이 있었고, 나는 그것이 다른 시간이나 공간에서 전송된 것이라는 것을 깨달았다.

나는 본능적으로 알 수 있었다.

미래의 타임머신은 주인을 알아본다. 타임머신을 발동했다는 것은 누나가 여기를 떠나려고 정말로 결심한 것이다.

"가지 마요."

"그럴 순 없어."

"누나도 사실은 절 좋아하잖아요. 스물셋의 제가 아니라, 저라는 존재 그 자체를 좋아하는 거잖아요."

나의 말에 누나가 굳은 표정으로 일관했다.

"정녕 그렇다고 해도, 이게 너와 나의 순환 고리야. 난 너에게 신장을 주고, 넌 어린 시절의 나에게 심장을 주고, 심장을 받은 어린 나는 열심히 공부해서 다시 과거로 와서 어렸던 너에게 신장을 주지."

설득해야만 했다. 지금 누나가 떠나면 나는 더 이상의 기회를 잃고 만다.

"그만큼 서로를 좋아하고 있는 거잖아요. 누나를 세상에서 가장 완벽하게 이해하고 있는 사람은 저밖에 없어요. 누나도 저를 완벽하게 이해하고 있잖아요. 우리는 서로에게 너무나 완벽한 존재예요. 우리만큼 서로를 잘 아는 사람들도 없다고요."

"그렇지 않아. 지금의 내 마음을 넌 읽을 수 없잖아? 우리의 순환 고리에서 넌 스물셋까지만 살 수 있지만, 난 지금부터 50세, 80세, 잘하면 100세에서 150세까지도 살 수 있을 거야. 그러니 너와 달리 내 인생의 해피엔딩은 여기가 끝이 아닌 시작이야. 내 인생의 온전한 시작 지점이라고."

누나의 말에 설득되는 기분이다.
나는 인상을 찌푸린 채 말했다.

"후회 안 해요? 제가 누나에게 심장을 주지 않으면, 누나의 인생도 끝이 날 거고요. 제 결정에 의해 누나와 저 사이의 순환이 끊어진다면, 엄청난 균열이 일어날 거예요. 그런 시간 균열은 사회에 엄청난 재앙으로 돌아올 거고요."

난 이제 미래의 지식을 알고 있다. 누나가 배웠던 지식의 100퍼센트는 아니어도, 일부는 떠올릴 수 있다. 내가 심장을 주지 않으면 누나와 나의 영원한 운명은 끝이 난다.

"후회 안 해. 그러니까 우리의 순환 고리는 여기서 끝을 내자. 너만 지금의 어린 나에게 심장을 주지 않으면 모든 건 끝이 나고, 너는 행복한 삶을 살 수 있을 거야. 그러니 너도 네 인생을 사는 거야. 알겠니?"

누나는 이미 결심한 듯했다. 누나의 마음을 돌리는 것은 아마 불가능할 것이다.

누나의 기억을 통해 이 누나가 얼마나 고집이 센지 그 누구보다도 내가 잘 알고 있다.

나는 한숨을 내쉬며 말했다.

"알겠어요. 제가 그 순환 고리를 끊어 볼게요."

"고마워."

"아니에요. 누나, 저야말로 고마워요."

내가 손을 벌리며 포옹을 시도했다.

하지만 누나는 나의 포옹에 응하지 않았다.

그저 미소만 지을 뿐이었다.

나는 멋쩍은 미소를 지으며 떠나려는 누나에게 말했다.

"정말 떠날 거예요?"

"그래. 이건 결정된 거야. 난 해야 할 일이 있으니까."

"심장, 정말 돌려받고 싶지 않아요? 누나는 제가 있기 때문에 살아 있는 거예요."

나의 말에 누나가 피식 웃었다.

"그렇지 않다는 건 너도 알잖아. 네가 심장을 주지 않으면, 주아가 죽는 미래가 새로 생길 뿐이야. 지금의 내가 죽진 않아. 그러니까 절대 심장을 주지 마. 네 인생을 즐겨. 알겠니?"

누나가 타임머신에 오른다. 나는 아쉬운 표정을 지우지 못한 채 누나에게 말했다.

"이제 우린 못 보겠죠?"
"그래. 이게 마지막이야. 나도 얼른 돌아가 처벌을 받아야지. 허락되지 않은 타임 워프를 했으니까."

누나의 말에 나도 고개를 끄덕였다.

"알겠어요. 조심히 들어가요. 신장 고마워요. 덕분에 좀 더 오래 살 수 있다는 희망을 가질 수 있었어요. 주신 생명, 잘 쓸게요."

"그래. 내가 말한 거 잊지 마. 네 인생은 네가 결정하는 거야."

"네. 고마워요."

타임머신이 떠나고, 그 빈자리에는 커다란 구덩이만 남았다.

나는 누나가 떠나고도 그 자리를 한동안 떠날 수 없었다.

누나가 미래에서 나를 구하기 위해 온 시간 여행자라니.

그러고 보면 누나는 참 바보다.

새로운 미래의 시간선이 생기는 거라면, 누나도 나에게 신장을 주지 않아도 된다.

어차피 이미 심장을 건네받은 누나의 미래는 바뀌지 않을 거니까.

그로부터 4년이 지나갔다.

"콘티넨털 병원으로 배정되었어요. 아직 어린 나이인데, 간병사, 잘할 수 있겠어요?"

"네. 저 거기서 4년 전에 만성 신부전증으로 입원 치료 받았었거든요."

"아, 정말요? 잘 됐다. 마침 그쪽에 갑자기 그만두시는 분이 있었거든요. 환자분 나이도 우리 성훈 씨보다 어리니까, 크게 문제도 안 될 것 같고요."

"그럼 합격인가요?"

"네. 출근은 내일부터 하는 걸로 할게요. 내일 아침 9시 나올 수
있죠?"

"환자 이름은요?"

"김주아 환자예요. 중학교 시절부터 심상병을 앓고 있다고 해요."

"김주아요?"

알고는 있었는데, 이렇게 이름을 들으니 새롭다.

4년간 다양한 경험을 했음에도 항상 잊히지 않는 게 있었다.

이식된 신장에 의해 나에게 각인된 김주아라는 사람의 기억이
었다.

그럼에도 그녀에 대한 기억이 많이 흐릿해져 있었다.

아예 떠오르지 않는 것은 아닌데, 예전처럼 그녀의 감정까지 선
명하게 떠오르는 건 아니었다.

그런데 이렇게 다시 새로 얻은 직장에서 그녀의 이름을 들으니
마치 운명일 거라고 생각했다.

아니, 운명이 맞다.

나의 심장을 받은 미래의 그녀가 나에게 신장을 이식해 나의 생

명을 살리고, 나는 늘어난 생명으로 어린 그녀에게 심장을 바친다.

이토록 감동적인, 서사시적인 운명이 또 있을까?

아마 소설이나 영화 속에도 이런 운명은 존재하지 않을 것이다.

그래서 난 그녀에게 심장을 줄 것이다. 그게 만약 내 마지막이라고 해도, 그 고결한 행위는 우리를 이어 주는 또 다른 시작점이 될 테니까.

이게 4년간 고민한 끝에 내린 결론이었다.

그러나 병원 옥상에는 아무도 없었다.

기다리고 있을 줄 알았던 김주아는커녕, 나를 빼면 옥상에는 아무도 없었다.

실망스러웠다. 내가 알고 있는 미래가 바뀐 걸까?

'날짜를 잘못 알았나?'

그래도 시간 낭비는 아니다.

여기에 한 번은 왔어야 했다.

내 버킷 리스트에는 누나가 타임머신을 타고 온 그 날을 추억하기 위한 계획이 포함되어 있었기 때문이었다.

그 계획은 누나가 과거로 온 날을 추억하며, 내가 그 현상을 목격한 그 옥상에서 주변에 대한 파노라마 사진을 찍는 것이었다.

자세를 잡고 사진을 찍으려는데, 아까는 아무도 없었던 옥상에 나를 방해하는 존재가 나타났다.

환자복을 입은 그 사람은 다짜고짜 옥상 끝, 경계선에 있는 담장에 올라가 금방이라도 뛰어내리려 했나.

그녀를 유심히 살펴보았다.

내가 아는 누군가와 너무나 닮은 모습을 하고 있었다.

그 사람을 보고 나도 모르게 옅은 미소를 짓고 말았다.

내가 사랑했던, 그리고 사랑해야만 하는 그녀가 앞에 있었기 때문이었다.

과연 난 그녀에게 심장을 줘야 할까.

아니면 누나의 말대로 내 인생을 살아가야 할까.

더 이상 망설이지 않았다.

망설일 수 없었다.

말을 걸지 않으면 그녀가 정말 옥상에서 뛰어내릴 것 같았으니까.

직접 겪어 보면 내 마음이 정해질 것이다.

그녀에게 말을 걸었다.

"저기, 정말 죽을 생각이야?"

100%

너와 나의 시작과 마지막 이야기

작가 김주환
표지 일러스트 다백

초판 1쇄 발행일 2024년 12월 1일

발행인 오종필
책임 편집 위크래프트
디자인 김경희
발행처 제이알매니지먼트
주소 경기도 부천시 원미구 길주로17, 803호(상동, 웹툰융합센터)

ⓒ 김주환, 2024
ISBN 979-11-94274-00-1 43800

• 이 책은 저작권법에 따라 보호받는 저작물이므로 무단 전재와 복제를 금합니다.
• 이 책의 전부 혹은 일부를 이용하려면 저작권자와 출판사의 동의를 받아야 합니다.
• 잘못된 책은 구입하신 곳에서 바꿔드립니다.
• 책 모서리에 찍히거나 책장에 베이지 않게 조심하세요.